오늘도, 캠핑

나만의 취미로 삶의 쉼표를 그리는
본격 캠핑 부추김 에세이

오늘도, 캠핑

밍동
지음

애플북스

차례

프롤로그

10년 차 스튜어디스인 내게 여행은 일이나 마찬가지였다. 좋아하던 일이 직업이 되면 그 즐거움이 사라져버리듯, 일을 하며 전 세계를 다닐수록 여행은 무미건조하게 다가왔다. 주말에 뭐하냐는 지인들의 물음에 '비행 있어서 뉴욕 가'라고 하면 부러움이 섞인 말을 듣기 일쑤였지만, 머릿속엔 온통 '또 뉴욕이네, 가기 싫다'라는 생각만 가득했다. 어느새 나는 여행에 회의적인 사람이 되어 있었다. 웬만하면 집에 있는 게 좋고, 어딜 가고 싶다는 욕망 자체가 사라졌다.

8년 차 시니어 승무원 무렵에는 15일 정도 긴 휴가를 받았는데, 도무지 뭘 해야 할지 몰랐다. 쉬는 것도 해본 사람이 잘 쉰다고 그저 긴 연휴 내내 집에서 빈둥빈둥 댈 작정이었다. 그러다 우연히 휴가 기간이 겹친 친구에게 제안을 받았다. "관광은 많이 해봤잖아. 풍경이 좋은 곳으로 배낭 하나 메고 어디든 떠나볼까?"

배낭 하나에 의지하는 여행이라니. 일을 하면서 종종 배낭여행을 떠나는 손님들을 보면 '와 멋지다. 저런 여행을 하면 어떤 기분일까?'라고 스치듯 생각해본 게 다였을 뿐, 막상 해보겠다고는 감히 생각하지 못했다. 그런데 무슨 일인지 이번에는 두려움 반 호기심 반으로 귀가 솔깃했다. 일정과 정해진 숙박 장소 없이 발길 닿는 대로 내가 만들어가는 여행이라니. '그래 이때 아니면 언제 해봐. 못할 게 어디 있어. 가보지, 뭐.'

막연한 기대를 가지고 휴가 계획을 짜기 시작했다. 배낭여행에는 그 유명한 관광지나 맛집 정보는 필요 없었다. 그보다 색다른 경험을 하고 싶어 다른 쪽으로 정보를 찾아보기 시작했다. 그러던 와중 SNS에서 본 사진 한 장에 가슴이 마구 뛰었다. 푸른 잔디 위에 알록달록하고 자그마한 집들이 쭉 펼쳐진 풍경. 스위스 홀드리오 캠핑장이었다. 바로 이거다.

자연 그대로의 모습을 담고 있는 그 사진이 내 가슴을 뛰게 했다. 전에 없던 여행에 대한 호기심도 생겨났다. '텐트를 가방에 넣고 가야하나? 캠핑 용품을 가지고 해외 여행이 가능할까? 밥은 어떻게 해먹지? 자연에서 하룻밤을 지내는 건 한 번도 해본 적 없는데 괜찮을까?' 기대감과 호기심으로 무모하지만 내 인생의 첫 캠핑 여행이 그렇게 시작되었다.

어느덧 캠핑과 함께한 지 2년이 다 되어간다. 우연히 만난 취미가 이제는 방 한 칸을 가득 차지할 정도로 내 삶에서 큰 부분을 차지한다. 캠핑을 하면서 눈물이 왈칵 쏟아질 만큼 힘든 일도 많이 겪었지만, 돌이켜보면 그런 일들을 디딤돌 삼아 성장할 수 있었다.

캠핑은 바쁜 도심에서 훌쩍 벗어나 자연 속에서 나만의

시간을 보낼 수 있는 훌륭한 취미가 될 수 있다. 시작이 어려워보인다고 도전해보지 않기에는 너무나 아까운 일이다. 꼭 캠핑이 아니어도 좋다.

테트도 칠 줄 모르던 초보 캠핑러에서 이제는 어디서든 잘 먹고 잘 자는 2년차 캠핑러가 되었다. 나의 이야기가 누군가에게 도전할 용기를 가져다주었으면 하는 작은 바람이 있다. 모두들 꿈꿔왔던 일에 도전해볼 용기를 가졌으면 좋겠다.

나는 오늘도 캠핑을 떠난다.

1장
캠핑, 누구나
할 수 있지 모에요?

초보 캠핑러,
첫 캠핑을 스위스로 가다

　인생 첫 캠핑의 목적지는 스위스 홀드리오 캠핑장이었다. 캠핑의 캠 자도 모르니 폭풍 검색만이 전부였다. 어떤 캠핑 장비를 사야할지 감도 오지 않았다. 집 근처 제일 유명한 종합 캠핑샵에 찾아가 상담을 받았다. 대뜸 "저 다음 달에 스위스로 캠핑을 갈 예정인데, 캠핑 장비 좀 추천 해 주세요!"라고 물었다. 직원은 어이없는 표정으로 "네? 캠핑은 해보셨어요?" 하며 당황한 기색을 내비쳤다. 그러곤 기본 장비부터 구비해두면 좋을 만한 장비들을 2시간에 걸쳐 친절하게 상담해주었다. 상담을 마치고 고민 없이 그 자리에서 바로 구매했다. 아마도 그분에게 '첫 캠핑'에 임하는 내 의지가 잘 전달되었나보다. 처음 보는 캠린이에게 2시간이나 할애해주시다니. 그분과는 지금까지도 연락을 하며 친분을 유지하고 있다.

아무튼 그날 캠핑 장비 구입에 쓴 비용은 200만 원이었다. 아무런 생각 없이 큰돈을 쓴 건 아니고, 거기엔 나만의 논리가 있었다. 만약 스위스에서 관광을 하면 호텔 숙박비용이 들었을 텐데, 나는 텐트에서 숙박이 해결되니 그 대신 캠핑 장비에 투자하는 것과 마찬가지라고 생각했다. 비용 지출도 아니고, 손해도 아니라는 기적의 논리였다. 단숨에 200만 원의 과소비를 하고 말았지만, 큰맘 먹고 결정을 하지 못했다면 아마 난 아직도 캠핑에 발을 들여놓지 않았을 것이다.

출국 날짜는 서서히 더위가 찾아오는 6월 초였다. 익숙한 캐리어 대신 큰 배낭에 모든 짐을 넣고 스위스로 향한 준비를 마쳤다. 마음과 달리 캠핑 여행은 출발부터 순조롭지 않았다. 인터넷에서 좋다고 하는 장비들을 이것저

것 배낭에 넣고 추가로 가방까지 가져갔더니 이미 수화물 무게를 초과하고도 남았다. 거기다 중국을 경유하는 항공편이라 위해물품 규정이 까다로워 줄곧 검사를 받아야 했다. 캠핑에 필요한 스토브, 라이터, 랜턴, 나이프와 같은 물품 중에 화기와 관련된 물품은 빼앗기기도 했다. 가뜩이나 짧은 경유 시간인데 보안 검색대에서 장비를 설명하느라 기운이 쪽 빠진 채로 겨우 비행기에 올랐다. 앞으로의 일정이 순탄하지 않을 것 같아 걱정이 몰려왔지만, 여행에 새로운 눈을 뜨게 해준 사진 한 장을 떠올리며 나를 다독였다.

이번 여행은 여러모로 특별했다. 승무원이 아닌 배낭여행객으로 앉아 있으니 매일 타던 비행기도 새롭게 느껴졌다. 일로만 타던 비행기를 이제는 캠핑 여행객이 되어 탑승하다니. 모험과 다름없는 지금이 설레면서도 두려움이 살짝 밀려들었다. 기대와 설렘, 두려움이 뒤엉킨 마음으로 나의 첫 캠핑 여행에 발을 내디뎠다.

꼬박 20시간의 비행 끝에 스위스 취리히 공항에 도착했다. 도착한 날은 공항 근처에 있는 숙소에 짐을 풀고 온전히 쉬었다. 내일부터는 푹신한 침대가 아닌 자연 속에서 지내야 하니 피로를 완전히 풀어야 한다. 캠핑 장소에 가면 어떤 풍경이 눈앞에 펼쳐질까? 까마득한 밤이 무섭진 않을까? 그렇게 설렘 반, 걱정 반으로 스위스에서의 첫 날밤을 보냈다.

다음 날, 한 장의 사진으로 이 모든 일을 감행하게 한 홀드리오 캠핑장에 드디어 도착했다. 날씨까지 끝내줘서 감탄이 절로 나왔다. 만년설에 덮인 산과 그 아래 자리 잡은 알록달록하고 자그마한 집들, 그리고 이곳에 머물 동안 두 눈을 맑게 해줄 푸른 잔디. 그림 같은 풍경에 무거운 짐과 힘겨웠던 비행은 금세 잊고, 오길 정말 잘했다는 생각밖에 들지 않았다.

캠핑장에는 서너팀 정도가 먼저 와있었다. 가장 좋은 자리는 먼저 온 캠핑러들이 차지하고 있었다. 다행히도 홀드리오 캠핑장은 규모가 크고 풍경이 장관이어서 아무 곳에나 자리를 잡아도 만족스러웠다. 이곳에 왔으니 인생 사진 몇 장쯤 남겨줘야지. 사진으로만 바라봤던 풍경 속에 나를 담으니 정말 이곳에 온 실감이 났다.

그다음은 이것저것 준비해온 장비들을 모두 꺼내 해가 지기 전까지 텐트를 치는 일이었다. 사실 텐트를 사고 한 번도 꺼내보지 않았고, 당연히 펴본 적도 없었다. 무슨 깡 이었는지 설명서를 대충 읽고 '뭐 이정도 쯤이야 할 수 있지 않을까?' 하고 안일하게 생각했다. 정말 아무 것도 모르면 용감하다고, 무작정 캠핑을 하러 스위스까지 가다니. 지금 생각해보면 무모하기 그지없었다. 그렇게 시작된 텐트를 치는 일은 시작부터 난관이었다.

이제 막 텐트를 꺼냈는데 무언가 허전했다. 망치가 없었던 거다. 기본 중에 기본이지만 초보 캠핑러는 생각지도 못한 장비였다. 텐트, 의자, 테이블, 침낭 같은 큼직한 장비들은 잘 챙기지만 오히려 사소한 장비는 놓치기가 쉬웠다. 캠핑을 준비하면서 수없이 많은 카페와 블로그를 돌아다녔지만, 그 어떤 곳에서도 알 수 없던 사실이다.

늘어놓은 텐트 앞에 어쩔 줄 모르고 서있던 나는 누가 봐도 캠핑을 한 번도 안 해본 사람처럼 보였다. 다행히 내가 안절부절 하는 모습을 본 한국인 부부에게 도움을 받

아 텐트 치는 법을 배웠다. 2시간 넘게 텐트와 씨름을 한 끝에 타프(햇볕을 가릴 수 있는 캠핑 용품) 설치까지 마쳤다. 이게 맞나 싶을 정도로 이상한 모양이었지만 뭐, 어때. 내 멋대로 해도 뭐라고 할 사람은 없었다. 우여곡절 끝에 의자에 앉아 바라본 풍경은 눈물이 날 정도로 멋졌다. 호텔 숙소에서 보는 풍경과는 차원이 달랐다.

금강산도 식후경! 눈이 즐거우니 배가 슬슬 고팠다. 서둘러 캠핑장에서의 첫 끼를 준비했다. 캠핑 여행을 준비하며 들은 스위스의 물가는 맥도날드 햄버거 세트 2개가 3, 4만 원일 정도로 악명이 높았다. 그에 비해 생필품이나 식자재들은 저렴한 편이었다. 다행히 캠핑을 하면 외식비를 줄일 수 있어서 타격이 덜했다. 캠핑장 근처 마트에서 사 온 파스타 재료와 스테이크로 내 인생 첫 캠핑 식사를 마련했다. 고생하고 먹으면 무엇이든 맛있는 법. 아직도 그날 먹었던 스테이크 맛을 잊을 수가 없다.

어느덧 뉘엿뉘엿 지는 노을과 함께 인생 첫 캠핑의 하루가 저물어 가고 있었다. '아, 오길 진짜 잘했다'. 한참을 멍하게 노을 진 풍경을 바라보며 생각했다. 소박하지만 근사한 식사를 배불리 먹고 침낭에 들어가니 아늑한 느낌이 온몸을 감쌌다. 에어매트는 생각보다 푹신해서 자연 그대로의 바닥에서 자는 느낌은 크게 들지 않았다. 이곳에서의 첫날밤은 믿기지 않을 만큼 낭만적이었다.

　하루를 돌아보니 무모한 나 자신에게 웃음이 났다. 그런데 뭐 별거 있나. 폭신한 침낭 안에 누워있으니 지레 겁부터 먹고 괜한 걱정을 했나 싶다. 그동안의 여행은 관광지에 들러 구경하고 유명 레스토랑을 찾아 밥을 먹는 게 전부였는데, 캠핑 여행은 내가 만들어가는 재미를 벌써부터 느끼게 해주었다. 남은 일정동안 무엇이든 다 할 수 있을 것만 같았다.

　캠핑은 몸이든 마음이든 장비든 준비할 것들이 무수히 많다. 편안한 집을 뒤로 하고 야외에서 잠을 청하며 여러 활동을 해야 하는 부지런한 몸, 불편한 잠자리와 화장실을 받아들일 수 있는 넉넉한 마음, 그리고 나의 몸과 스타일에 꼭 맞는 장비들까지. 이 모든 게 어렵게 느껴진다면 함께 차근차근 준비해보자. 당장 장비를 구매하고 밖으로 나가지 않아도 된다. '내가 저런 것도 할 수 있을까?'라고 떠올리기만 해도 좋다. 해보겠다는 마음, 그것이 중요하다. 시작이 반이라는 말도 있으니까.

두려워하지 말고 겪어보자. 아무것도 아니니까.

캠핑이 새로운 취미가 되기까지

그저 그런 여행에 지루해져 갈 무렵 호기심에 시작한 캠핑이 새로운 취미가 되었다. 물론 취미로 자리잡히기까지는 수많은 시행착오가 있었다. 실은 여전히 겪고 있는 중이다. 몇 번을 겪어도 적응하기 어려운 건 예상하지 못한 상황들과 마주칠 때다. 스위스 홀드리오 캠핑장 사진 한 장만 보고 무작정 첫 캠핑을 떠났을 때도 그랬다. 처음에는 환상으로 가득했지만 기대와 달리 환상은 쉽게 무너졌다.

첫 캠핑에서 제일 당황스러웠던 점은 환경의 변화였다.

캠핑은 낮과 밤의 온도차와 갑작스러운 날씨 변화를 몸소 겪어야 한다. 6월의 스위스는 초여름이라서 얇은 옷들 위주로 챙겨갔는데, 야외에서 맞이하는 밤공기는 계절과 상관없이 한없이 차가웠다. 그날 밤 덜덜 떠느라 행여 감기라도 걸릴까 봐 마음을 졸였다. 무사히 밤을 보내고 근처에서 방한복을 구매했다.

또 어느 날은 비가 끝도 없이 쏟아져 꼼짝없이 텐트 안에만 있어야 했다. 처음 경험한 우중캠핑은 당황스럽기 그지없었다. 다시는 비오는 날에 캠핑을 하지 않겠다고 다짐했는데, 지금 생각해보면 제일 기억에 남는 캠핑 중에 하나다. 그래서 지금도 종종 비 오는 날이면 예정에 없던 캠핑을 나서곤 한다. 텐트 안에서 듣는 빗소리의 낭만은 느껴본 사람만 알 수 있으니까.

스위스 캠핑 여행을 무사히 마치고 한국에 돌아오니 한국의 캠핑 문화가 궁금해졌다. 캠핑에 관한 것이라면 무엇이든 정보를 모았다. 그때 처음 우리나라에도 캠핑을 즐기는 사람들이 많다는 걸 알게 되었다. 캠핑 커뮤니티에서 소위 고수라고 불리는 이들이 쓴 글을 보고 캠핑에 대해 하나씩 배워갔다. 텐트나 타프를 치는 기본적인 방법부터 막걸리를 흘리지 않고 따는 법, 실리콘 코팅처리가 된 텐트와 타프는 곱게 접지 않고 막 구겨 넣어도 된다는 팁(텐트를 치는 것뿐만 아니라 접는 데에도 상당한 힘과 노력이 들어간다), 장작 패는 방법, 착화제 없이 불을 쉽게 피우는 방법 등 기본부터 사소한 꿀팁까지 열심히 보고 배웠다.

비행이 없는 날에는 피곤하다는 핑계로 누워서 쉬기 바빴는데, 캠핑의 세계에 흠뻑 빠진 후에는 시간만 나면 틈틈이 캠핑 정보를 찾아 헤맨다. 쇼핑을 할 때에도 그렇게 좋아하던 옷보다 캠핑 장비부터 살펴보고, 쉬는 날 대부분의 시간을 캠핑을 하며 보낸다. 가끔 예기치 못한 상황과 날씨를 겪을 때면 '왜 나와서 생고생이지' 하는 생각이 들다가도, 집에 돌아와 며칠 있다 보면 또다시 캠핑지를 찾고 있는 나를 발견한다.

자연 속에서 세상과 동떨어져 오롯이 나에게만 집중할 수 있는 그 시간이 좋다. 캠핑은 나에게 힐링 그 자체다.

이제는 국내뿐만 아니라 해외까지 손을 뻗어 어느 곳이든 캠핑 여행을 떠날 준비가 되어 있다. 그렇게 캠핑은 나만의 새로운 여행스타일이자 취미로 자리잡았다.

나에게 꼭 맞는
캠핑 스타일 찾기

　캠핑을 콘셉트로 한 TV 프로그램들이 하나둘 생겨나는 걸 보면 캠핑의 인기를 실감한다. 요즘엔 캠핑카를 구입하려면 길게는 일 년까지 기다려야 한다고 하니 놀랄 법하다. 코로나로 해외여행을 갈 수 없는 상황이 길어지면서 확실히 캠핑이 각광을 받고 있는 시대이다. 그 대열에 끼고 싶다면 어디서부터 어떻게 준비해야 할까? 우선 캠핑을 유쾌하게 즐기려면 자신에게 맞는 캠핑 스타일부터 찾는 것이 중요하다.

　캠핑의 캠 자도 모르고 사진 속 환상만 가지고 캠핑을

1장 캠핑, 누구나 할 수 있지 모에요?

시작했던 나도, 막상 캠핑을 시작하니 캠핑에도 여러 종류가 있다는 걸 알았다. 무엇이 나와 맞는지 몰라서 닥치는 대로 경험을 해보았다. 누구나 처음부터 어떤 스타일의 캠핑과 맞는지 알기 어렵다. 나에게 잘 맞는 옷을 고를 때 여러 벌 입어보는 것처럼 캠핑도 이것저것 시도해보고 겪어봐야 내가 무엇을 원하는지 알 수 있다.

캠핑이 처음이라면 평소에 캠핑을 즐기는 사람과 함께 떠나는 것이 좋다. 준비된 캠핑러와 함께라면 자신에게 맞는 캠핑과 유용한 장비들을 쉽게 터득할 수 있으니 말이다. 더 좋은 건 처음 시작할 때 드는 기회비용을 줄일 수 있다는 점이다.

아무런 정보 없이 캠핑을 시작한 나는 인터넷 검색에만 의지해 유명 브랜드 캠핑 장비를 모조리 구입했었다. 하지만 캠핑에 무르익어 갈 때쯤 그런 것들은 나에게 별 도움이 안 되었다. 백패킹과 오토캠핑의 장비 차이를 알지 못해 의자, 텐트 같은 것들을 꽤 무게가 있는 것으로 구매했었다. 그러다 뒤늦게 백패킹의 매력에 빠졌을 때 후회했다. 백패킹에서 무게가 나가는 장비는 짐작이나 다름없었기 때문이다. 처음부터 내가 원하던 캠핑 스타일을 알았다면 장비를 구입하는 일을 더 신중하게 했을 텐데 아쉬운 부분이었다.

아무래도 내 취향은 오토캠핑을 즐길 수 있는 캠핑장도 좋지만 좋은 시설이나 장비가 구비되어 있지 않더라도 좋은 풍경, 자연을 조금 더 느낄 수 있는 곳이다. 그런 곳이라면 어디든지 떠나고 싶다. 자연 속으로 깊숙이 들어가 오늘 하루 몸을 뉘일 수 있는 공간만 있으면 괜찮다. 집만큼 큼직하고 화려한 장비로 무장해 비교적 편안한 캠핑도 해봤다. 하지만 자연을 온전히 느낄 수 있는 장소에서 최소한의 장비를 써서 하는 캠핑을 이길 수는 없었다.

여럿이 다니는 캠핑보다는 소수 아니면 홀로, 반려견과 함께하는 캠핑도 선호한다. 그러다 보니 큼직한 텐트는 번거롭게 느껴졌다. 자연스레 '감성캠핑 나도 해보자'라며 따라 구입한 새하얀 감성 텐트는 가차 없이 중고행이었다.

한번은 친구와 함께 캠핑을 하다가 서로 좋아하는 캠핑 스타일을 이야기 나누었다. 그 친구는 백패킹이 본인과 맞지 않다고 했다. 집을 꾸미기 좋아하고 인테리어에도 관심이 많아 캠핑을 할 때도 예쁜 텐트에 알전구도 달고 감성 용품을 세팅하는 데 즐거움을 느끼는 쪽이었다. 나처럼 좋은 시설의 편리함 보다 멋진 풍경을 원한다면, 장비를 최소한으로 준비해 백패킹을 떠나보자. 오토캠핑과 카라반으로 가지 못하는 곳도 배낭 하나만 둘러메고 자유롭게 돌아다닐 수 있는 매력이 있다.

　　번거롭고 힘듦을 잊게 만드는 밤하늘의 별과 눈부시게 아름다운 풍경들과 함께할 수 있는 캠핑에 점점 빠져들고 있다. 한 주를 빡빡하게 보내고 자연과 어울릴 수 있는 그 시간만을 기다리고 있으니 말이다.

2장
골라 묵는
재미가 있어요

캠핑에도 장르가 있어요

캠핑은 장비별로 다양하게 즐길 수 있는 방법이 무궁무진하다. 파면 팔수록 헤어 나올 수 없어서 돌아서면 눈에 아른거리는 것들이 너무 많다. 텐트만 있으면 다 같은 캠핑이지 뭐가 다양하냐고? 한번 발을 들여 놓으면 새로운 세계가 마구 열리는 게 캠핑이다. 즐기는 방법도, 쓰는 장비도 천차만별이라 어떤 장소에서 어떤 장비를 쓰느냐에 따라 완전히 다른 맛이 있다.

게다가 한국의 사계절까지 고려하면 각양각색의 캠핑을 즐길 수 있는 건 말할 것도 없다. 캠핑을 자주 다녀볼

수록, 장비가 늘어날수록 필요한 품목이 늘어나는 이유가 바로 여기에 있다.

캠핑은 크게 세 가지로 나뉜다. 배낭 하나에 모든 장비를 넣고 떠나는 백패킹, 자동차와 텐트를 가지고 즐기는 오토캠핑, 그리고 텐트가 없어도 차 안에서 즐기는 차박캠핑이 있다. 세부적으로는 비가 올 때 떠나는 우중캠핑, 눈이 올 때 떠나는 설중캠핑, 오지로 떠나는 오지캠핑 등으로 나뉜다.

대부분 캠핑이라고 하면 커다란 텐트와 장비들을 바리바리 챙겨서 떠나는 것을 먼저 떠올린다. 캠핑을 해보고싶어도 무거운 장비들 때문에 먼저 겁을 먹고 주저하는 경우도 자주 본다. 사실 겁을 먹을 것까지는 없지만 그래도 주저하게 된다면 홈캠핑에 도전해보면 어떨까? 거실, 베란다 혹은 테라스에서 텐트와 조명만으로도 그럴듯한 캠핑 분위기를 낼 수 있다. 홈캠핑을 위해 텐트와 조명을 구입했다면 이제 간단히 해먹을 수 있는 것들을 챙겨 캠핑장으로 떠날 용기가 자라날 것이다.

캠핑장에 가보면 같은 캠핑장이어도 서로 다른 캠핑을 하는 사람들을 만날 수 있다. 가족단위로 와서 편안하게 놀다가는 사람들, 친구끼리 특별한 추억을 쌓으러 온 사람들, 연인끼리 아기자기한 캠핑을 즐기는 사람들, 조용히 혼자만의 시간을 보내는 사람들.

각자 다른 텐트와 장비로 자신만의 방식으로 캠핑을 즐기는 것을 보면 캠핑의 세계는 무궁무진하다는 것을 다시 한번 느낀다. 어깨너머로 다른 캠핑러들의 장비들을 구경하는 것도 쏠쏠한 재미가 있다. 한번쯤 따라하고 싶은 것도 생기고, 색다른 캠핑을 꾸리는 상상을 하며 어느새 다음 캠핑을 기약하게 된다.

누구나 한번쯤 캠핑을 경험하면 점점 캠핑의 세계에 빠지게 될 것이다. 캠핑 계획을 세우고 준비하는 과정은 설렘으로 가득하다. 마치 소풍 떠나기 전날처럼 말이다.

머릿속으로만 생각했던 것들을 하나하나 실행하다보면 어느새 어디로든 떠날 준비를 하고 있는 자신을 발견할지도 모른다. 모든 여행이 그렇듯 의식주만 해결되면 점점 그 환경에 녹아들게 된다. 거기에 입이 벌어질 만큼 아름답고 멋진 자연 풍경만 있다면 이보다 더 완벽한 게 어디 있을까.

차와 함께하는
캠핑 생활

　캠핑이 건전한 여가생활로 떠오르는 만큼 그 형태도 점점 진화하고 있다. 예전에는 캠핑이 숲이나 바닷가에 텐트를 설치하고 즐기는 방식이었다면, 요즘은 자동차 또는 카라반을 이용해 손쉽게 접하는 캠핑이 떠오르고 있다. 일부 캠핑장에서 카라반이나 캠핑 장비를 대여해줘서 전보다 가깝게 다가갈 수 있는 것도 장점이다. 심지어 캠핑 장비 없이 캠핑을 즐길 수 있는 글램핑장도 늘어나고 있는 추세다.

　글램핑이나 카라반캠핑은 분명 편리하지만, 캠핑이 주

는 자연 그대로의 '해방감'을 느끼기엔 뭔가 부족하다. 그래서 대다수의 캠핑러들은 다소 불편하고 준비할 것이 많더라도 노지캠핑이나 데크캠핑을 선호하는 편이다. 여기서 명확하게 구분된다. 불편하더라도 노지에서 텐트를 치고 잘 것인가, 아니면 모든 편의시설이 잘 구비된 카라반에서 '절반의 캠핑'을 할 것인가. 이것은 본인의 선택에 달려 있다.

노지캠핑과 카라반캠핑의 중간 형태인 오토캠핑을 선호할 수도 있다. 짐을 싣고 온 차를 옆에 세워두고 정해진 장소에 장비들을 두고 즐기는 오토캠핑은 가장 대중화된 캠핑이라 초보자들이 쉽게 떠올리는 캠핑이다. 실은 나도 오토캠핑을 할 때는 그동안 쓰고 싶었던 장비들을 몽땅 챙겨 가는 편이다. 몸으로 장비들을 온전히 옮기는 게 아니라서 부담감이 덜하기 때문이다. 오토캠핑을 갈 때에는 필수 아이템뿐만 아니라 감성용품도 더 챙기는 편이다.

그래서일까. 오토캠핑장에 도착하면 사용자의 개성이 드러나는 화려한 텐트들을 많이 볼 수 있다. SNS에서 감

성캠핑을 검색하면 나오는 모습들을 대부분 오토캠핑장에서 볼 수 있다. 우드 쉘프와 그 위에 놓인 각양각색의 캠핑 용품들, 무드등, 알전구와 가랜더, 캠핑러의 취향을 담은 소품들이 속속들이 펼쳐진다. 뿐만 아니라 오토캠핑을 하면 먹거리도 풍부하게 즐길 수 있다. 나는 오토캠핑할 때 다양한 방법으로 음식을 해먹는 것을 좋아한다. 한때는 고기에 빠져 다니는 오토캠핑장마다 고기 요리를 해먹기 바빴다. 숯불뿐만 아니라 수비드, 10시간 이상 훈제가 필요한 폴드포크 등 오토캠핑에서는 하나의 식재료라도 색다르게 먹거리를 즐길 수 있다.

오토캠핑장을 선호하는 이유 중 또 하나는 편의시설이 아닐까? 캠핑을 시작할 때 가장 염려스러운 부분이 화장실이다. 오토캠핑장은 화장실과 개수대 등이 구비되어 있어 다른 캠핑보다 선호도가 높다. 물론 정해진 자리에서 즐기는 캠핑이라 자연이 주는 완전한 느낌은 덜할 수 있다. 그래도 요즘은 자연과 적절히 어우러져 있는 캠핑장이 많으니 나에게 맞는 곳을 찾아 오토캠핑을 즐겨보면 어떨까.

차박의 새로운 진화,
전기차

코로나로 인파가 몰리는 곳에 가기 힘든 요즘 차 안에서 캠핑을 하는 차박이 떠오르고 있다. 최소한의 공간 최소한의 장비로 캠핑을 즐길 수 있다니 반하지 않을 수 없다. 차박 캠핑에서 가장 중요한 것은 차량이다. 사계절 내내 텐트 없이 차량만 가지고 캠핑을 할 수 있는 스텔스 차박(다른 장비 세팅 없이 오롯이 차 안에서만 즐기다가 오는 캠핑)은 누울 수 있는 공간이 있는 차만 있다면 언제든지 도전할 수 있다. 다른 캠핑보다 접근성이 좋아서 그런지 점점 차박의 인기가 예사롭지 않다.

2장 골라 묵는 재미가 있어요

차박을 할 때 날씨가 너무 덥거나 추운 계절만 아니라면 크게 준비해야 할 장비들은 없다. 편안한 잠자리를 위한 매트와 담요 또는 이불 그리고 차 안에서 간단히 먹을 수 있는 음식들이면 충분하다. 나는 차박을 하기에 앞서 전기를 이용하는 요리를 해보고 싶어 수비드 요리를 준비했다. 시즈닝한 고기를 진공봉지에 넣어가기만 하면 끝이다. 준비한 음식들을 아이스 팩에 잘 넣기만 하면 차박 음식은 간단하게 완성된다.

차박을 하러 다닐 때마다 아쉬운 점은 차 안에서 전기를 편리하게 쓸 수 없다는 것이었다. 자연스레 전기차에 관심을 가지게 되었고, 좋은 기회로 새로 나온 전기차를 이용해 차박을 할 수 있었다. 생각보다 전기차는 캠핑을 할 때 훨씬 편리했다. 캠핑장에 가면 전기를 쓸 수 있는 곳이 있지만, 노지캠핑을 가면 전기 사용은 제한적이다. 이럴 때 전기차박은 빛을 발한다.

노지에서 캠핑을 하다보면 생각보다 전기를 사용할 일이 많다. 겨울에는 전기장판을 사용하기 위해서 배터리가 필요하고, 화로 사용이 불가능한 곳에서는 전기그릴이 필요하다. 그럴 때마다 10kg에 가까운 대용량 배터리를 가지고 다녔다. 무게가 만만치 않아 불편한 점이 한둘이 아니었는데, 전기차는 대용량 배터리를 준비할 필요가 거의 없다.

나의 캠핑 메이트 반려견 딩동이는 물만 보면 뛰어드는 터라 에어탱크(대형견용 드라이기)가 필수적이다. 전기차는 에어탱크를 챙기는 일에도 문제가 없다. 하루는 강가 근처에 차박할 장소를 정하고, 진공포장한 고기를 수비드 기계에 넣고 2시간 정도 익히기로 했다. 날씨가 더웠던 딩동이는 역시나 도착하자마자 강물에 뛰어들어 한참 수영을 했다. 그동안 나는 딩동이와 잘 곳을 준비했다. 간단히 매트와 침낭만 깔고 딩동이의 쿨링매트를 깔아주면 차박 준비 끝.

1시간 정도 놀고 나온 흠뻑 젖은 딩동이를 수건으로 털어준 후 가지고 온 에어탱크를 전기차 커넥트에 연결했다. 전기차 덕분에 야외에서도 딩동이 털을 말려줄 수 있었다. 캠핑을 할 때도 불편함이 점점 없어지니 세상이 참 좋아졌다고 느끼는 순간이었다. 어느새 딩동이는 트렁크에서 잠이 들었고, 수비드 고기를 꺼내보니 야들야들하게 잘 익었다.

혹시나 싶은 마음에 전기차 배터리를 확인해보니 생각보다 배터리가 빨리 닳지 않았다. 수비드를 요리하는 것에 쓴 2시간, 드라이기 그리고 핸드폰 충전까지 몇 시간을 썼음에도 2% 정도만 쓴 걸 보면 말이다. 성공적인 수비드 고기와 맥주 한잔을 곁들이며, 강가에서의 전기차박이 한층 무르익고 있었다.

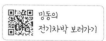
밍동의
전기차박 보러가기

자연을 온전히 느낄 수 있는
백패킹

오토캠핑으로 시작한 캠핑은 백패킹에서 정점을 찍었다. 지금도 백패킹 매력에 빠져 헤어 나오지 못하고 있다. 앞서 말했지만 캠핑 중에선 백패킹이 제일 매력적으로 다가온다. 물론 다른 캠핑에 비해 고생스러운 게 많은 것도 사실이다. 막상 해보면 별거 아니지만, 자동차를 이용하는 캠핑에 비하면 두 다리가 조금 고생스럽기는 하다. 그래도 한번 백패킹의 매력에 빠지면 고생스러움은 금세 잊게 된다. 오히려 그 고생스러움이 하루의 뿌듯함이 되기도 하니까. 나도 처음에는 너무 두려웠다. 운동하는 것을 좋아해도 고생스러운 건 딱 질색이라 백패킹은 유독 망설여졌다. 하지만 자연을 맘껏 보고 즐기며 캠핑을 할 수 있는 건 아무래도 백패킹이 제격이다.

나의 첫 백패킹은 뉴질랜드 루트번트레킹에서 시작되었다. 산을 넘고 또 넘어 가는 트레킹 코스라 두 다리를 열심히 굴려야만 갈 수 있는 캠핑 코스였다. 죽기 전에 꼭 한 번쯤 가보고 싶었던 곳이어서 어렵게 얻은 기회를 포기 할 수 없었다.

루트번트레킹은 가고 싶다고 해서 누구나 갈 수 있는 곳이 아니다. 자연보호를 위해 하루에 정해진 인원만 트레킹 코스를 선택해 갈 수 있다. 대략 50여 명 정도만 트레킹을 즐길 수 있다고 보면 된다. 나는 미리 준비를 해서 그 안에 들어갈 수 있었다.

드디어 루트번트레킹을 가는 날, 다 같이 모이기로 한 장소로 발걸음을 옮겼다. 우리나라의 대피소 같이 하루 비박할 곳이 정해져 있었다. 어마어마한 대자연 속에 들어와 있다고 생각하니, 어딘지 모르게 뜨거운 감정이 올라왔다.

처음 경험한 뉴질랜드 백패킹은 천국과 지옥을 오가는 기분이었다. 백패킹은 의식주를 책임질 모든 장비를 내 몸에 지녀야 하기 때문에 무엇을 가지고 가는지가 무척 중요하다. 때마침 가방이 제일 중요하다는 조언을 듣고도 초보인지라 무슨 가방이 맞는지 잘 알지 못했다.

여기서 팁은 백패킹에 적합한 배낭을 고를 때에는 성능과 무게를 중점으로 두고 구매해야 한다는 것이다. 그리고 본인 몸에 맞게 배낭을 피팅하는 것이 가장 중요하다. 몸집만 한 배낭일지라도 내 몸에 맞는 배낭을 선택하면 무게가 분산되기 때문에 백패킹을 수월하게 즐길 수 있다.

나는 이 사실을 몰라 12kg이 나가는 가방을 온전히 어깨 힘으로만 버텼다. 무게를 분산시켜야 하는데 그러지도 못했고, 피팅을 잘못한 탓이다. 그야말로 어깨 위에 곰 한 마리가 올라와 있는 듯 어깨가 너무 아팠다. 비박지에 도착하여 확인해보니 어깨 피부가 까지고 멍이 들어 있었다.

2장 골라 묵는 재미가 있어요

그뿐만이 아니다. 백패킹에 경험이 없던 나는 의자와 테이블이 필수 장비라고 생각해 챙겨 왔는데, 주변 사람들의 가방은 너무나 단출했다. 대체 저 백패커들의 가방에는 뭐가 들어 있길래 저렇게 단출해? 가까이 가서 인사를 건네며 슬쩍 그들의 장비들을 둘러보았다. 대부분 텐트에 담요 정도만 가지고 왔다. 알고 보니 백패킹을 할 때는 어디든 원하는 곳에 앉아서 쉴 수 있어서 의자 같은 건 필요하지 않았다. 어쩐지 백패커들이 내 배낭을 보며 엄지 척을 하더라니. 마냥 응원과 격려의 표시인 줄로만 알았는데, 다른 의미였던 것이다.

　비박 장소에 조성된 개수대와 벤치에 둘러앉아 백패커들과 각자 가져온 음식을 꺼내먹었다. 나는 또 다시 내 가방만 왜 그렇게 거대했는지 알 수 있었다. 가스버너와 식재료까지 모조리 가져온 나와 달리 그들은 전투식량 같이 따뜻한 물만 부으면 한 끼를 해결할 수 있는 음식들을 챙겨왔다. 백패킹은 최대한 몸과 배낭을 가볍게 하여 체력을 아끼는 게 제일 중요하다고 뼈저리게 느꼈다. 특히 장거리 트레킹을 할 때에는 말할 것도 없다.

그래서 백패킹 이틀째는 어땠냐고? 정상에 다다를 때쯤 정말이지 장비들을 버리고 가고 싶을 정도로 힘들었다. 의자와 테이블은 사치스럽기 그지없었다. 그 뒤로 장거리 백패킹을 갈 때에는 텐트와 먹을 것, 보온 장비 정도로 최소한만 가지고 간다.

뉴질랜드에서 한국으로 돌아오자마자 가방을 들고 매장에 찾아갔다. 어떻게 하면 이 가방을 편하게 쓸 수 있는지 방법을 찾아야 했다. 다시는 전과 같은 실수는 하고 싶지 않았다. 매장에서는 내 어깨 넓이와 허리길이 등을 잰후 가방을 조절해주었다. 내 몸에 피팅된 가방을 메고 나니 같은 가방이 맞나 싶을 정도로 완전히 다른 느낌이었다. 어깨부터 등, 허리까지 밀착되면서 무게가 분산되니 너무나 편하고 가벼웠다. 이전의 상태로 내가 어떻게 장거리 트레킹을 했나 싶었다.

이토록 고생스런 백패킹을 왜 즐기는지 의아할 수도 있지만, 백패킹에 빠져든 가장 큰 이유는 모든 걸 잊게 하는 풍경이 아닐까 싶다. 자동차나 다른 이동수단을 이용할

2장 골라 묵는 재미가 있어요

때보다 더 깊숙이 자연에 들어갈 수 있어 자연을 온전히 느낄 수 있기 때문이다. 맞지 않는 가방과 과하게 챙긴 짐들로 고생이 이만저만 아니었음에도 루트번트레킹을 잊을 수 없는 이유는 말로 형용할 수 없는 멋진 풍경이 한몫했다.

어떤 형태의 캠핑이 제일 좋다고 말할 수는 없다. 다양한 형태의 캠핑은 저마다의 장점과 단점이 있지만 그 자체로 즐겁다. 누군가에게 좋았던 캠핑이 다른 사람들에게는 그다지 매력적인 캠핑이 아닐 수도 있다. 천천히 여러 캠핑을 즐기면서 내가 어떤 캠핑 스타일을 좋아하는지 알아가보자.

자유캠핑의 끝판왕!
노지캠핑

　나는 캠핑을 가기 전에 어떤 종류의 캠핑을 즐길지 장
소부터 정하고 움직이는 편이다. 캠핑장으로 갈지, 자연
속에서 나만의 공간을 택할지 말이다. 우리나라에 좋은
캠핑장들도 많지만, 구석구석 자연 속에 숨겨진 명소가
많은 노지캠핑을 좀 더 선호한다. 편의시설을 갖춘 캠핑
장보다 편리함은 많이 떨어지지만, 노지캠핑을 택하는 이
유에는 두 가지가 있다. 첫째, 자연 그대로의 모습을 즐길
수 있고 둘째, 내가 원하는 장소와 공간에 나만의 캠핑장
을 만들 수 있기 때문이다.

내가 만드는 나만의 캠핑장이라니. 바로 이게 노지캠핑만의 매력이 아닐까 싶다. 최근에는 반려견 딩동이와 노지캠핑을 다니고 있다. 반려동물과 함께 할 수 있는 캠핑장이 많이 없기 때문에 더 그렇다. 반려동물과 노지캠핑만큼 안성맞춤인 것을 아직까지 찾지 못했다.

물론 노지캠핑은 일반 캠핑장에서 사용할 수 있는 화장실, 개수대, 편의시설 등이 전혀 없기 때문에 각오하고 가야 한다. 음식은 최소한으로, 국물이나 잔반이 없게끔 간편하게 준비해야 한다. 여러 번 음식을 해먹을 경우에는 숟가락과 젓가락도 넉넉히 챙기는 것이 좋다. 설거지는 모두 집으로 가져가야 하므로 설거지통을 꼭 가지고 다녀야 한다. 물티슈로 초벌 정리만 한 후 설거지통에 넣으면 가져가기도 편하다. 이때 사용한 물티슈도 꼭 챙겨가야 한다.

노지캠핑을 할 때 사람들이 제일 궁금해하는 건 바로 화장실이다. 웬만하면 박지 근처 공중화장실을 이용하면 좋지만, 깊은 숲속으로 들어가거나 공중화장실을 찾기 어려운 장소라면 휴대용 변기와 샤워 텐트를 챙기는 게 좋다. 노지캠핑을 제대로 즐기려면 자연 훼손 방지와 본인의 안전을 위해서라도 필수품으로 구비해두라고 말하고 싶다. 이처럼 불편한 점이 한두 가지가 아니지만 노지캠핑에서만 느낄 수 있는 매력 때문에 불편함은 감수하게 된다.

노지캠핑을 하면서 우리나라 구석구석 아름다운 곳을 정말 많이 발견했다. 10년간 스튜어디스로 일하면서 국외만 다니기 바빴지 국내여행은 잘 하지 못했는데, 코로나로 해외 여행길이 막히면서 알게 된 행복이다.

국내 캠핑러들이 폭발적으로 늘어난 이유도 나와 비슷하지 않을까? 그동안 알지 못했던 국내의 숨은 명소들이 사람들의 발걸음을 더 캠핑장으로 이끈다. 멋진 장소를 찾아가는 것도 노지캠핑이 가진 또 하나의 재미다. 노지캠핑의 묘미인 멋진 뷰를 위해서는 사전에 많은 정보를 찾아봐야 한다.

한번은 어느 블로그에서 멋진 풍경 사진을 보고 마음

을 뺏겨 충북 제천이라는 것만 알고 무작정 찾아갔다. 충주호 근방이었는데 가는 곳마다 나무도 땅도 지형도 모두 비슷비슷하게 보여서 내가 찾는 장소가 맞는지 헷갈렸다. 해가 저물어 갈 즈음 마음이 급해져 낚시꾼들이 모여 있는 곳으로 가보기로 했다. 낚시꾼들은 모두 강가 위쪽에 차를 두고 낚시대만 챙겨 몸만 내려갔다. 나는 차박을 할 생각이었기 때문에 차를 가지고 강가 가까이 내려갔다. 그때까지만 해도 왜 그들이 차를 두고 내려갔는지 알지 못했다.

와! 오늘은 여기다. 그렇게나 찾아 헤매던 멋진 풍경에 입이 딱 벌어졌다. 강가 근처에서 차박을 즐길 생각으로 잔뜩 신이 난 나는 제대로 주차하려고 운전대에 올랐다. 그런데 시동을 켜고 엑셀을 밟는 순간 바퀴가 헛돌기 시작했다. 낚시꾼들이 왜 차를 가지고 오지 않았는지 그제야 알았다. 땅이 질퍽해 차가 잘 빠지는 곳이었던 것이다. 분명 겉보기에 자갈도 깔려 있고 땅이 단단해 보였는데 말이다. 사륜구동이라고 해서 문제가 없을 거라고 생각한 내 착각이었다. 오프로드 어디서든 안전을 보장할 수는

2장 골라 묵는 재미가 있어요

없는 노릇이었다. 이런 경험이 처음이라 너무 당황스러워 눈물이 날 것 같았다. 나는 이러지도 저러지도 못하고 한마디로 오도가도 못하는 신세였다.

불행 중 다행으로 마침 카약을 탈 생각으로 챙겨온 커다란 박스가 있었다. 이것을 지지대 삼아 바퀴 밑에 대고 사륜모드로 바꿔 다시 핸들을 잡았다. 천천히 핸들을 돌리며 차가 나오기를 기도했지만 헛수고였다. 문제는 더 심각해졌다. 바퀴 밑에서 연기가 나기 시작했고, 내려서 확인해보니 박스는 이미 닳아 찢어져 있었다.

이 방법도 아니구나. 나는 다시 방법을 모색했다. 이곳에서 구할 수 있는 것들은 큰 돌뿐이라 최대한 바퀴 안쪽으로 끼워놓고 다시 시동을 걸어 엑셀을 밟았다. 운전 실력이 부족해서인지 바퀴는 점점 헛돌면서 오히려 더 깊숙이 들어가고 있었다. 그렇게 한 시간 넘게 사투를 벌여도 역부족이었다. 망연자실한 심정으로 보험사에 전화를 걸었다.

한여름이었는데도 어느새 해가 지고 깜깜한 밤이 찾아

왔다. 처음에 차가 빠졌을 땐 거뜬히 나올 수 있을 거라 생각했는데, 해가 저문 강가에 덩그러니 있자니 두려움이 엄습했다. 이 와중에 눈치 없게 배는 왜 그렇게 고프던지. 노지캠핑을 간다고 아침부터 서둘러 나온 터라 끼니를 제대로 챙기지 못한 탓도 있었다.

아침에 먹다 남은 닭강정을 꺼내 진흙 구덩이에 빠진 차에 앉아 허기를 채웠다. 이런 상황과 내 자신이 어이가 없어 헛웃음이 나왔다. 이미 벌어진 일을 뭐 어떡하겠어. 식은 닭강정으로 배를 채우고 노을빛으로 물든 하늘을 보며 견인차량을 기다렸다.

차가 빠진 곳은 강가 주변 노지여서 주소를 정확하게 알기 어려웠다. 보험사와 수차례 통화하며 내 위치를 알려야 했다. 한 시간 반 정도 지났을까. 저 멀리 견인차량의 불빛이 나를 반겼다. 혹시라도 나를 못 보고 지나칠까 봐 휴대폰 플래시를 비춰가며 위치를 알렸다. 견인차량이 도착한 후에야 드디어 진흙구덩이에서 겨우겨우 탈출할 수 있었다. 그날 캠핑은 처절히 실패했지만, 몸 하나 다치지 않고 안전하게 마무리된 것에 감사하며 맥주 한잔에

맘고생을 잊기로 했다.

　다른 캠핑도 마찬가지지만 특히 노지를 찾아다니다 보면 생각지도 못한 일들이 끊임없이 생긴다. 이제 나는 예상치 못한 일들을 겪으며 비상상황에 대처하는 능력도 조금씩 갖추었다. 점점 많은 일들에 익숙해지고 능숙해질 때마다 스스로 성장하는 기분이 드는 건 캠핑이 주는 위로가 아닐까.

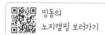
밍동의
노지캠핑 보러가기

비오는 날에는
숲으로 가고 싶어요

캠핑을 즐기기 전에는 비가 오는 날을 별로 좋아하지 않았다. 집에서 창밖의 빗소리를 듣는 거라면 모를까 굳이 눅눅하고 축축한 날 밖에 나가서 돌아다니는 건 딱 질색이었다.

장마가 막 시작된 어느 여름, 일주일에 5일은 비가 내리던 날이었다. 더위도 그렇고 비오는 날이 잦아 한동안 캠핑을 안 가고 있었다. 그런데 그날 아침은 비가 그쳐 해가 쨍쨍하고 오랜만에 맑은 하늘이 모습을 드러냈다. 모처럼 비도 안 오는데 캠핑을 가야겠다 싶어서 평소에 가보고 싶었던 잣나무숲 캠핑장을 바로 예약했다. 인기가 많은 캠핑장인데 웬일로 주말에 자리가 남아있어 의아했지만, 예약이 어려웠던 터라 마치 복권에 당첨이라도 된 듯 기분 좋게 바로 짐을 싸서 출발했다. 캠핑장이 집에서 그리 멀지 않은 곳에 있어 평소보다 늦게 출발했음에도 점심에 맞춰 도착했다.

잣나무숲 캠핑장은 말 그대로 산속에 위치했다. 주차장에서 10~15분 정도 걸어 올라가야하는 코스로 백패킹 장비도 필요했다. 배낭과 백패킹용 텐트, 매트, 침낭, 먹을 것들 그리고 의자는 생략. 가까운 거리지만 직접 짐을 들고 옮기는 만큼 필요한 것들만 챙겼다.

캠핑장에는 이미 서너 팀의 텐트가 자리를 잡고 있었다. 내 자리는 캠핑장에서 제일 높은 곳에 위치해서 마치 숲을 전세 낸 것 같은 기분이 절로 나는 곳이었다. 잣나무 숲속에서의 하루는 기대했던 것보다 훨씬 근사했다. 나무에 완전히 둘러싸인 기분이 드는 캠핑장을 원했었는데 딱 내가 찾던 느낌의 장소였다. 잣나무속에 푹 파묻힌 기

분이랄까. 무엇보다 향기롭게 감도는 숲내음이 너무 좋았다.

백패킹용 텐트를 5분 만에 치고 늦은 점심을 준비했다. 메뉴는 꽃갈비살. 작은 돌판에 한 점씩 구워먹을 수 있는 캠핑에 최적화된 메뉴이다. 의자를 가져오지 않아 텐트 전실에서 테이블만 펴고 앉아 먹었다. 잘 익은 고기 한 점에 복분자 한 잔. 잣나무숲의 정기를 받으며 먹는 꿀맛 같은 점심이었다. 배불리 점심을 먹고 텐트 안에 누워 있다 깜빡 잠이 들었다. 숲이라 그런지 더운지도 모를 여름날이었다.

그렇게 한 시간쯤 지났을까. 텐트 위로 무언가 떨어지는 소리에 잠이 깼다. 우두두둑 굵은 빗방울 소리였다. 어? 비 예보가 없었는데? 역시나 장마철 날씨다웠다. 비가 오지 않는 날이라 캠핑을 온 건데 오늘도 어김없이 비가 왔다. 그때 가장 먼저 드는 생각은 '아, 텐트가 젖으면 어떡하지?'였다. 몇 번 경험이 있었지만 우중캠핑을 마주할 때마다 당황스럽기 그지없었다. 하지만 이미 텐트까지

처버렸는데 어쩌겠는가. 이왕 이렇게 왔는데 걱정은 뒤로 하고 비가 그치길 기다렸다.

가만히 텐트 안에 누워 빗소리에 집중했다. 마치 우산 아래에서 듣고 있는 것처럼 빗방울 하나하나가 생생하게 들렸다. 조용한 숲속에 오직 비 내리는 소리만이 맴돌고 있었다. 가만히 듣고 있으니 아무런 생각도 들지 않고 머리가 맑아지는 기분이었다. 이런 분위기 때문에 일부러 우중캠핑을 하나? 비에 젖은 숲내음이 더 진하게 퍼지고 있었다. 한참을 누워 빗소리를 듣다 맥주를 한잔 들이켜니 비가 와서 걱정했던 마음은 사라지고, 기분 좋은 맑은 공기와 숲내음만 남았다.

비는 다음 날까지 밤새 이어졌다. 우비도 없어서 배낭 커버를 대강 둘러메고 텐트를 정리하느라 옷이 홀딱 젖었다. 찝찝할 줄 알았는데 기우였다. 시원하게 비를 맞는 것도 오랜만이라 어렸을 적 놀이터에서 비를 맞고 노는 기분이 들었다. 우중캠핑도 나쁘지 않은데? 수건으로 대강 젖은 머리와 옷가지들을 털고 그날의 캠핑을 마무리했다.

그 뒤로 비 예보가 있으면 일부러라도 캠핑을 하러 떠난다. 비가 내리기 전에 서둘러 텐트를 치고, 그 안에 들어가 비가 내리는 걸 보면 미션을 성공한 것마냥 짜릿하다. 아무래도 빗소리는 숲속에서 들어야 제맛이다. 단, 흙이 많은 곳은 추천하지 않는다. 비가 많이 내리면 흙이 텐트나 장비에 튀어 얼룩지는데, 정리하는 일이 만만치 않다. 그럴 때는 숲속에 있는 캠핑장 중에서도 데크가 잘 조성된 곳을 찾아보자.

비가 온 뒤에는 늘 맑다. 우중캠핑을 즐긴 다음 날 쨍한 햇살을 맞이하면, 두 모습의 캠핑을 즐기는 기분이 들기도 한다. 이런 고생을 왜 사서 하냐고? 글쎄. 비 오는 날 텐트 안에서 즐기는 모든 것이 낭만적으로 느껴져서라고 하면 대답이 되려나. 지나고 보니 우비도 없이 배낭커버를 쓰고 텐트를 정리하던 그날을 잊을 수 없다.

밍동의
우중캠핑 보러가기

달빛 아래 밤바다캠핑

　"바다가 좋아요, 산이 좋아요?"라고 물으면 망설임 없이 "산이요!"라고 대답했던 나. 수영을 그다지 잘하지 못해 물놀이는 뒷전이었다. 그러니 밤바다를 보러 가는 일 말고 바다를 즐길 일은 딱히 없었다. 그래서인지 캠핑 장소를 선정할 때에도 바다보다는 산이나 숲이었다. 늘 비슷한 캠핑에 무료해지기 시작할 때쯤, 지난 여름 포항에 갈 일이 있어 새로운 캠핑 장소를 알아보았다. 바다를 바라보며 캠핑할 수 있는 곳이었다. 오랜만에 바다캠핑을 해보면 어떨까 싶었다. 마음만 먹으면 어떻게든 행동으로 움직이게 만드는 게 바로 캠핑이기도 하다. 포항까지 만만치 않은 거리였지만 새로운 캠핑에 의욕이 앞서 짐을 싸고 있었다.

　서울에서 꽤 오랜 시간을 달려 드디어 포항에 도착했다. 캠핑하는 지역에 가면 늘 전통시장에 들러 특산물들을 구경하는 것도 나의 또 다른 즐거움이다. 포항이라면 수산물을 빼놓을 수 없지. 도착한 수산시장은 어마어마하게 컸다. 포항에서는 물회를 꼭 먹어보라는 이야기를 많이 들은 터라 유명하다는 맛집을 찾았다. 맛집을 증명하는 긴 웨이팅에 번호표를 받고 내 순서가 오길 기다렸다.

　드디어 내 차례가 되어 물회에 소면과 밥까지 포장하고 방어회도 곁들였다. 빠지면 섭섭한 꽃게 라면도 해먹을 생각으로 싱싱한 꽃게와 전복을 사서 바다 근처 캠핑 장소로 향했다. 마침 메뉴도 바다에 딱 들어맞았다. 바다를 바라보며 먹을 생각에 신이 났다.

　주말이라 그런지 생각보다 바다캠핑을 즐기러 온 사람들이 많았다. 바닷가 근처에는 이미 자리가 없어서 바다에서 조금 떨어진 곳에 자리를 잡았다. 모래사장에 텐트를 치는 건 상상만큼 힘들다. 텐트를 고정시키는 팩이 모래사장에서는 잘 빠지는 경우가 많아 길이가 긴 것으로 고정을 해야 하는데, 이게 쉽지가 않다. 나는 무려 5미터 터널텐트를 가져온 바람에 도무지 공간이 나오지 않아 차박으로 바꾸었다. 이미 시간은 오후 5시가 넘어가고 있었다. 종종 생각보다 늦게 도착하거나 상황이 여의치 않을 때 계획이 틀어지는 것도 캠핑의 묘미다.

가져왔던 텐트를 차 밑에 두고 트렁크의 짐들을 모두 내려서 잠자리를 마련했다. 차종은 SUV 모하비인데 적재 공간이 꽤 넓어 차박에 안성맞춤이었다. 차박을 할 땐 준비 과정도 간소한 편이다. 좌석 2열을 눕히고 매트와 침낭만 펴면 그날의 캠핑 준비는 끝.

그제서야 아까 사온 먹거리들을 꺼내 저녁 준비를 했다. 아직까지 살얼음이 가득한 물회를 한 입 가득 넣은 순간 더위가 싹 가시는 기분이었다. 시원한 밤바다의 바람을 맞으며 먹는 물회는 정말이지 별미였다. 물회에 공깃

밥을 말아먹는 건 또 어떻고. 소면은 먹어봤어도 밥을 넣어먹은 건 처음이라 안 어울릴 것 같았는데 기대 이상이었다. 파도 소리와 함께하는 바다캠핑도 그 나름의 재미가 가득했다.

저녁을 먹고는 한참동안 불멍을 했다. 타닥타닥 소리를 내며 타들어가는 장작을 바라보니, 파도 소리와 잘 어울리는 한 쌍 같았다. 그렇게 얼마나 지났을까, 밤바다에 짙은 어둠이 깔렸다. 대충 양치와 세수만 한 뒤 잘 준비를 마치고 트렁크에 누워서 바다를 보았다.

부서지는 파도를 비추는 달빛만이 환하게 빛나고 있었다. 그날따라 하늘이 맑아 별도 달도 유난히 밝아 보였다. 피곤함은 저 멀리 사라지고 기분 좋은 나른함만이 맴돌았다. 그날 밤은 아주 오랫동안 파도 소리와 바다 위에 떠있는 달을 구경하다 잠이 들었다.

어느 순간부터 복잡한 생각을 정리하고 마음을 가라앉히고 싶은 날에는 바다로 캠핑을 떠나곤 한다. 산이 주는 고요함도 좋지만, 바다가 주는 고요함은 또 다르다. 산에서 불멍을 했다면 바다를 바라보는 바다멍도 좋다. 파도에 일상의 스트레스를 날려보내고, 광활한 바다에 속까지 뻥 뚫리는 기분이다. 늘 비슷한 캠핑에 무료해질 때쯤 전혀 다른 종류의 캠핑을 즐기며 새로움을 느껴보자.

산새가 좋아

어렸을 적, 한손은 부모님의 손을 잡고 다른 손에는 큰 약수통을 들고 관악산에 물을 받으러 갔던 추억이 진하게 남아있다. 학창시절에도 종종 부모님과 함께 뒷산에 올랐고, 주말이면 친구들과 운동 삼아 북한산, 인왕산, 청계산 등 산을 즐겨 찾았다.

백패킹에 흠뻑 빠져 있을 무렵, 어느 유튜버의 야간등산 영상이 나를 사로잡았다. 산꼭대기에서 보는 야경이라니! 늘 해가 지기 전에 내려왔던 산이었는데 해가 질 무렵에 올라가 하루를 머물다 온다고? 빨리 경험하고 싶은 마음을 주체할 수 없었다. 야간산행을 검색해보니 생각보다 많은 정보가 있었다.

첫 야간 백패킹의 목적지는 불암산이었다. 처음 하는 야간 산행이기도 해서 정상까지 1시간 정도 소요되는 난이도가 낮은 코스를 선택했다. 원래는 일을 마치고 오후 5시쯤 출발할 계획이었는데, 비행기가 연착되는 바람에 늦게 출발할 수밖에 없었다. 산에 오르기 시작한 시간은 저녁 8시. 해가 다 져버린 후였다. 시간이 너무 늦어서 다음에 다시 도전해야하나 싶었지만, 마음먹은 날 감행하자며 계획대로 움직였다.

불암산 공영주차장에 차를 대고 가벼운 배낭 하나만 챙겨들고 산을 올랐다. 1.4kg의 가벼운 텐트와 침낭 그리고 간단히 먹을 음식과 물이 전부였다. 몸은 가벼웠지만 칠흑 같은 어둠은 공포스러웠다. 포기할까 수십 번 고민한 끝에 이왕 준비해서 왔으니 해보자고 마음을 다잡았다. 디구나 출발한 지 20여 분이 지난 후라 되돌아가기도 애매했다.

깊은 산속의 밤길을 헤드랜턴 불빛 하나에 의지해 걸음을 옮기기 시작했다. 주변엔 아무것도 보이지 않아서 오로지 땅만 보고 걸었다. 고요한 산속에 풀벌레 소리는 왜 그리 크게 들리는지. 작은 소리 하나에도 심장이 덜컹했다. '잘 갈 수 있을 거야.' 마법을 걸 듯 나에게 말하며 용기를 냈다.

그렇게 앞만 보고 몇 분을 더 걸었을까? 벤치가 보여 잠시 배낭을 내려놓고 뒤를 도는 순간 감탄이 절로 나왔다. 칠흑 같은 어둠 뒤에 이렇게 화려한 도심의 불빛이 숨어있었다니. 컴컴한 땅만 보고 걸어서 차마 알아차리지 못한 광경이었다. 산 아래 펼쳐진 서울 야경에 무서웠던 마음이 싹 가셨다. 야경을 바라보며 앉아 목을 축이고 땀을 식혔다. 산 아래 슈퍼에서 산 팥빵을 뜯어 요기를 했다. 어찌나 꿀맛이던지. 그 자리에서 자고 싶은 마음도 살짝 있었지만 정상에 도달해야한다는 마음으로 다시 움직였다.

어둠 속이라 안내판도 안 보여서 무작정 발걸음이 닿는

대로 갔다. 내가 가는 코스 중에 깔딱고개라고 불리는 곳이 있었는데, 지금이 바로 그곳인 것 같았다. 눈앞에 보이는 가파른 절벽만 잘 넘으면 정상이니 잘 넘어보자. 바위를 오르려고 한 발을 딛는 순간, 배낭을 메고 오를 수 없을 것 같은 가파름이 느껴졌다. 분명 옆쪽에 밧줄이 있다고 했는데 어디에도 보이지 않았다. 올라가지도 내려가지도 못하는 상황에 장갑을 끼고 바위에 움푹 파인 곳을 잡으며 중간쯤 왔을까. 헤드랜턴 불빛 사이로 밧줄이 얼핏 보였다.

알고 보니 내가 올라온 길 왼편으로 바윗길이 잘 다져져 있었다. 너무 어두워서 헤드랜턴 불빛만으로는 그 길을 알 수 없어 엉뚱한 곳으로 올라왔던 거였다. 그래도 어쩌나. 네 발로 기어서 겨우 밧줄을 잡고 갈 수 있는 곳까지 간 다음 가까스로 깔딱고개를 넘었다. 낮에 왔으면 헤매지 않을 길들도 야간등산을 할 때는 그냥 지나치기 쉬웠다. 그제야 야간등산을 할 때는 익숙한 산으로 가라는 조언이 떠올랐다.

어느새 정상 앞 마지막 계단 오르막길에 다다랐다. 빨

리 올라가 한숨 돌리고 싶어 있는 힘을 다해 올랐다. 등산한 지 1시간만에 드디어 불암산 정상에 도착했다. 밤 10시가 넘은 시각이었다. 불암산 정상에는 쉬어 갈 수 있는 평평한 나무 데크가 있었는데, 아무도 오지 않을 것 같아 바로 텐트를 설치했다. 텐트까지 치고 한숨을 돌리니 풍경이 눈에 들어왔다. 정상에서 보는 서울 야경은 아까와는 다른 감탄을 자아냈다.

서울은 밤 10시가 넘은 시간에도 밝았다. 서울이 이렇게 아름다웠나. 하늘의 별과 땅의 불빛들만 눈앞에서 반짝거렸다. 이와중에 배꼽 시계는 정확했다. 일을 마치고 부랴부랴 오는 바람에 저녁을 못 먹어서 싸온 음식부터 꺼냈다. 메뉴는 간단하게 두부와 볶은 김치, 그리고 막걸리였다. 발열 스테인리스 그릇에 두부를 넣고 발열팩을 이용해 5분 정도 데웠다. 김이 모락모락 날 정도로 뜨끈하게 데워진 두부 위에 볶은 김치를 올려 한 입, 막걸리 한 모금. 별것 아닌 메뉴인데 산 정상에서 서울 야경을 곁들여 먹는 맛은 일품이었다.

간단하게 허기만 채우고 밤 12시가 다 돼서 눈을 붙였다. 한참 잠이 들었는데 갑자기 멀리서 발자국 소리가 들렸다. 오밤중에 인적이 드문 산정상에서 사람을 만나다니 심장이 쪼그라들었다. 새벽 1시가 다 돼가는 시간에도 등산을 하는 사람이 있는 건가, 아니면 나처럼 백패킹을 즐기러 온 건가 머릿속은 하얘지고 심장 소리가 텐트 바깥까지 터져 나오는 기분이었다. 텐트 안에서 꼼짝없이 숨죽이며 대화 내용을 들어보니 다행히 등산을 하러 온 아버지와 아들 같았다. 그들은 정상에서 잠시 머물더니 바로 하산을 했다. 휴, 이 시간에도 등산을 하는 사람들이 있다니. 가슴을 쓸어내리고 다시 잠이 들었다.

서너 시간 단잠을 자고 새벽 네시 반쯤에 일어나 자리를 정리하려고 텐트 밖으로 나왔다. 살짝 서리가 껴있는 텐트 문을 열고 맞이한 불암산의 정상 풍경은 야경과는 또 다른 기품이 있었다. 운해가 잔뜩 껴있는 서울의 아침은 불빛이 반짝이던 밤과는 분명 달랐다. 백패킹을 다니며 운해를 본 적은 많이 없었는데, 몽실몽실한 구름 위에 떠있는 기분이었다.

산에서 비박을 할 때에는 이른 아침 등산객들을 위해 텐트를 일찍 철수하는 것이 매너다. 등산객들이 올라오기 전에 텐트를 철수하고 여유롭게 풍경을 감상하려고 부랴부랴 정리하는데, 새벽 5시에 첫 등산객이 올라왔다.

"안녕하세요. 일찍 올라오셨네요?"

어젯밤에 만난 부자 등산객은 무서웠는데 밝을 때 마주한 등산객은 얼마나 반갑던지 나도 모르게 인사를 건넸다.

"여기서 비박했어요? 아휴 대단하네."

"네, 산이 너무 좋아서요. 하하."

자리를 깨끗하게 정리하고 운해가 가장 잘 보이는 바위 쪽으로 올라가 배낭을 내려놓고 앉았다. 이 맛에 정상에 오르는구나 싶었다. 물론 아침에 등산하면 누구든지 이 풍경을 볼 수 있다. 하지만 하룻밤을 산에서 보내고 누구보다 제일 먼저 정상에서 아침 풍경을 맞이하는 일은 다른 의미에서 뿌듯했다.

근사한 풍경에서 커피를 한잔하며 따뜻하게 몸을 녹이고 싶었다. 캡슐커피를 내려먹을 수 있는 장비를 챙겨오

길 잘했다. 손바닥 크기보다 살짝 큰 사이즈여서 휴대하기 좋아 백패킹할 때 자주 가지고 다니는 장비이다. 커피머신에 캡슐을 넣고 펌프를 꾹꾹 눌러만 주면 에스프레소 한잔이 뚝딱 나온다. 여느 유명 카페 못지않은 커피 맛이다. 게다가 이런 풍경을 가진 카페가 또 어디 있을까. 운해 속에서 커피를 마시며 해가 완전히 뜰 때까지 정상에 머물렀다.

한 시간 정도가 지나자 등산객도 늘어났다. 다들 산에 올라오는 시각에 나는 하산을 준비했다. 챙겨온 쓰레기봉투에 쓰레기를 담고 자리를 정리한 후 힘차게 내려가기 시작했다. 그런데 이상한 건 어제 분명히 올라온 길이었는데 아침에 보니 처음 보는 길 같았다는 거다. 한참을 내려가도 어제 오른 깔딱고개가 나오지 않았다. 느낌이 좋지 않았다. 불안한 마음에 지나가는 등산객에게 물어보았다.

"불암산 공영주차장은 어디로 가야하나요?"

"이 길로 쭉 내려가면 돼요!"

등산객은 등산 스틱으로 저 멀리 가리키며 길을 알려주었다. 나는 그 말만 믿고 그 길로 따라 내려갔다. 그런데 또 이상한 건 산길이 어제보다 더 험했다는 거다. 사람이 다니지 않는 길인 것 같아 휴대폰으로 지도를 재차 확인했다. 길치인 나는 지도를 아무리 봐도 어느 쪽인지 감을 잡을 수가 없었다. 일단은 무조건 내려가 보기로 했다.

이 길이 맞나 계속 돌아보면서 내려오다가 큰 바위에서 신발이 미끄러져 바위에 팔을 긁히고 말았다. 아무래도 길이 너무 험했다. 갑자기 왈칵 눈물이 났다. 괜히 길을 알려준 등산객이 원망스러웠다. 피가 난 상처와 눈물콧물로 범벅된 얼굴을 대강 옷으로 정리하고, 일단은 내리막길로 보이는 길을 따라 무작정 걸었다. 그러다 아까 길을 가르쳐주신 분을 다시 만났다.

"아니, 왜 거기서 내려와?!"

내가 길을 잘못 들어 험한 길로 내려 온 모양이다.

"이 길이 아니에요?"

"이제 이쪽 길로 내려가면 불암사 나와."

"네...?"

무언가 이상했지만 일단은 고지가 보여 안심했다. 하지만 끝이 아니었다. 대체 여기가 어디지? 웬 절이 눈앞에 있었다. 이상하다고 중얼거리며 한참 살펴보다가 무엇이 잘못됐는지 그제서야 깨달았다. 나는 서울 노원구 불암'산'으로 가는 길을 물어봤는데, 등산객은 경기도 남양주시 불암'사'로 잘못 알아들은 것이다. 아마도 불암사 쪽에서 올라온 분이라 그랬던 모양이다. 이 모든 사실을 눈물콧물을 짜내며 겨우 내려와서야 깨닫다니.

그나저나 불암산까지는 다시 어떻게 가지? 어쩔 수 없이 택시를 잡아타고 우여곡절 끝에 불암산으로 돌아왔다. 멀리 보이는 내 차가 어찌나 반가운지. 도착하자마자 배낭을 벗어던지고 꿀맛 같은 아침식사를 하러 갔다. 그 일이 있은 후로 산행을 할 때에는 산행 어플로 미리 산길과 지역을 잘 파악하는 습관을 들였다.

첫 야간산행 백패킹은 고되고 힘들었지만 지나고 보면 역시나 다사다난한 백패킹이 가장 기억에 남는다. 산속에서 길을 잃은 두려움과 팔이 긁혀 서럽던 기억은 다 날아

간지 오래다. 그날 보았던 서울 야경과 아침 운해가 그립다. 언젠가 다시 한번 불암산으로 야간산행을 가야지.

밍동의
비박 보러가기

나도 해보자 감성캠핑

　SNS에 캠핑이라는 단어를 검색하면 눈길을 끄는 사진들이 있다. 하얀 면텐트에 우드로 된 장비들 그리고 반짝반짝 빛을 내는 랜턴들. 일반적으로 캠핑을 떠올리면 대부분 이런 느낌을 상상하지 않을까 싶다.

　나는 백패킹을 주로 하고 다녔던 터라 감성캠핑 장비들보다 실용성 위주의 장비들을 주로 다룬다. 가지고 있는 감성캠핑 장비라면 랜턴과 알전구 정도? 물론 텐트를 꾸미는 일에 관심이 없는 것은 아니다. 어쩌다 보니 아기자기한 느낌보다는 날 것 그대로의 캠핑이 더 손에 맞다. 손재주도 별로 없고, 어렸을 적부터 무언가를 만드는 것에 재주가 없었던 터라 감성캠핑을 시도해도 별 흥미가 생기지 않았기 때문이다. 아무리 텐트에 알전구를 달고 가랜드를 달아보아도 어딘가 어설프게 따라한 느낌을 지울 수 없었다.

작년 겨울 크리스마스 이브엔 화이트 크리스마스를 기대하며 딩동이와 함께 할 캠핑 계획을 세웠다. 나도 한번쯤은 감성캠핑을 하며 예쁜 사진을 남기고 싶은 마음에 하얀 텐트를 준비했다. 오토캠핑장에서 한 번쯤 불법한 핫한 텐트였다. 이 텐트를 손에 넣기까지 무척 힘들었다. 캠핑 인기가 치솟으면서 인기 있는 장비를 사는 일이 여간 까다로운 게 아니었다. 재고가 없거나 가격이 두 배로 뛰거나 부르는 게 값이었다.

감성캠핑에 제격인 이 하얀 텐트도 역시나 인기가 많아 재고를 구할 수 없었다. 캠핑 장비는 중고로 사고팔기를 하며 써보는 편인데 자주 이용하는 캠핑 카페에서도 구하기 어려워보였다. 결국 정가보다 높은 가격이라도 구매하려고 카페 게시판에 글을 남겨두었다.

　며칠이 지나고 판매자에게 연락을 받았다. 내가 딱 원하던 밝은 색상의 면텐트. 정가보다 1.5배 비싼 가격이었지만 감성적인 크리스마스캠핑에 딱 어울리는 텐트였다. 드디어 손에 넣을 수 있다는 기대감에 냉큼 직거래를 하러 갔다. 한두 번밖에 쓰지 않은 텐트라 거의 새 것이나 다름이 없었다. 1~3kg 내의 백패킹용 텐트만 가지고 있다가 19.5kg 텐트를 만져보니 무게가 상당했다. 겨우 트렁크에 싣고 집으로 가는 길에 눈이 소복이 내리기 시작했다.

　설렘 가득한 겨울 그리고 딩동이와 즐길 크리스마스캠핑이 점점 다가오고 있었다. 크리스마스에 하는 캠핑이 처음은 아니었지만, 새로운 하얀 감성텐트 덕에 이번 캠핑은 무언가 더 특별하게 느껴졌다. 크리스마스라고 하면 어렸을 적 아빠가 사오신 나무에 빨간 양말, 눈 같은 솜, 내가 좋아하는 인형, 그리고 알전구를 감아 만들었던 트리가 떠오른다. 그러고 보니 한동안 크리스마스 트리를 만든 기억이 없었다. 이번 겨울에는 크리스마스 분위기를

제대로 내보려고 자그마한 트리, 그리고 텐트와 어울릴 만한 우드로 된 협탁과 랜턴 걸이, 아기자기한 소품들까지 구매했다. 감성캠핑에 대해 알아갈수록 사고 싶은 소품들이 넘쳐났다.

화이트 크리스마스를 기대하며 내가 좋아하는 강원도 인제의 캠핑장으로 향했다. 한겨울이라 안 그래도 방한 용품들로 짐이 많은데, 감성캠핑 장비까지 더해져 트렁크가 빈틈없이 가득 찼다. 가을에만 갔던 캠핑장을 겨울에 가보니 또 다르게 아름다웠다. 예약한 장소에 차를 주차하고 새로 산 면텐트를 펼쳤다. 무게만큼이나 펼치는 것부터 버거웠다. 더구나 인제는 서울보다 훨씬 추워서 손발이 꽁꽁 얼었다. 당시 어린 강아지였던 딩동이가 행여 추위에 떨진 않을까 매트 위에 침낭을 깔아주었다.

엎친 데 덮친 격으로 면으로 된 텐트라 평소에 다루던 텐트와는 다르게 힘이 꽤나 필요했다. 텐트를 겨우 펼쳐놓고 텐트를 지탱해주는 폴대를 텐트에 꽂아 넣은 뒤 땅에 팩을 박으려 망치질을 하는데 문제는 땅이었다. 이미 꽝꽝 얼어붙어 있어서 텐트 안에 있던 팩들로는 어림없었다. 그 대신 차에 가지고 다니는 장팩을 이용해 망치질을 했다. 있는 힘껏 망치질을 해도 완전히 들어가지 않아서 겨우 고정 시킬 정도로만 박아두고 텐트를 세웠다. 텐트 설치에 1시간이 넘게 매달린 끝에 마무리가 되었다.

드디어 텐트 안에 들어가 난로를 켜고 며칠 동안 준비한 감성캠핑 용품들을 꺼내 꾸미기 시작했다. 우드협탁에 가지고 온 작은 트리를 올려놓고 몇 년 만에 트리를 꾸몄다. 자그마한 양 인형과 산타클로스 인형도 옆에 두고, 트리의 전구를 켜니 한껏 분위기가 올랐다. 바닥에는 에어매트 대신 푹신한 매트와 러그도 깔아두고 전기장판도 켜니 마치 내 방처럼 아늑했다. 이렇게 꾸며놓으니 스스로도 만족스러워 한참 사진을 찍었다.

평소에 쓰는 텐트보다 3배는 큰 텐트가 낯설기도 했다. 마치 원룸에 있다가 거실이 있는 큰 집으로 이사 온 기분이랄까. 허기를 채운 뒤 영화를 보기 위해 노트북을 꺼내 테이블 위에 세팅했다. 옆에는 제일 좋아하는 랜턴도 세워 두었다. 한참 영화를 보고 있는데 별안간 랜턴이 꺼져

있었다. 이상하다? 이소가스를 이용하는 거라 가스는 남아 있는데 왜 꺼져 있지? 하고 들어 올리는 순간 경악했다. 새로 산 텐트의 우레탄 창이 랜턴의 열감 때문에 녹아 있던 것이었다.

텐트에 엄지손가락 만한 구멍이 생겼다. 랜턴 열기가 우레탄 창에 닿아 천천히 녹고 있었나보다. 하, 이럴 수가. 오늘 처음 쓴 텐트인데. 어떻게 준비했는데. 마음은 아파도 크리스마스를 망칠 수는 없는 법. 환기구가 생겼다고 생각하며 애써 잊어보려고 했다. 랜턴 불빛 아래서 향을 피우고 멍하니 뚫린 구멍을 통해 창밖을 바라보며 크리스마스 이브를 보냈다. 아쉽게도 눈은 오지 않았지만 비가 촉촉이 내려 빗방울 소리가 크리스마스의 낭만을 대신했다.

솔직히 말하면 그날 이후 감성캠핑은 애써 하지 않는다. 큰 텐트와 아기자기한 소품들은 조금 버겁게 다가온다. 결국 한 번 쓴 새하얀 텐트를 다시 되팔았고, 우드협탁 등 장식품들은 인테리어 소품으로 사용한다. 감성캠

2장 골라 묶는 재미가 있어요

핑의 기준은 없지만, SNS에서 찾아보면 대부분 면텐트와 우드 소재의 장비들로 꾸민 사진들을 많이 볼 수 있다. 그것만이 감성캠핑이라고 생각하는 건 아닐까 아쉽기도 하다. 자신만의 감성을 담고 만족스럽다면 그 자체가 감성캠핑이 아닐까.

물론 가끔은 멋진 텐트와 소품들에 욕심이 날 때도 있다. 하지만 이제 난 나만의 감성캠핑을 하기로 했다. 아직은 현실캠핑에 가깝지만 하나씩 나만의 감성을 담아 캠핑을 즐겨 나가야지.

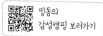

밍동의
감성캠핑 보러가기

3장
캠핑으로 즐기는
사계절

봄가을에는
배낭하나 메고 걸어볼까요

우리나라는 사계절이 뚜렷해 계절에 따라 다양한 풍경을 자랑한다. 캠핑을 즐기기에 최적의 자연환경이 아닐 수 없다. 같은 장소도 매번 모습이 다르기 때문에 국내에서만 캠핑을 즐겨도 질리지 않는다. "어느 계절이 캠핑하기 가장 좋나요?"라고 묻는다면 쉽게 대답하기 어렵다. 모두들 봄, 가을이 가장 좋지 않느냐고 묻는다. 물론 덥지도 춥지도 않은 날 하는 캠핑이 가장 좋긴 하다. 그렇지만 돌이켜보면 한겨울에 눈을 맞으며 오들오들 떨었던 캠핑이나, 땀을 뻘뻘 흘리다가 수박 한 입 베어 물며 즐겼던 캠핑은 결코 잊을 수 없다.

꽃이 활짝 피는 봄, 단풍이 물드는 가을에는 백패킹을 추천하고 싶다. 여름과 겨울에 비해 날씨 변화가 크지 않기 때문에 자연과 친해질 수 있는 계절이기도 하다. 대부분 날이 좋아 산이나 바다 어딜 가도 좋지만, 특히 섬으로 백패킹을 떠나보면 어떨까.

캠핑을 시작하면서 우리나라에 이렇게 아름다운 섬들이 많다는 걸 처음 알았다. 제주도 못지않은 섬들도 많고 섬마다 느낌이 다 달라서 백패킹으로 가는 섬 여행은 이색적이다.

봄만 되면 꼭 한 번씩 찾아가는 섬이 있다. 서해에서 가장 거리가 먼 '외연도'이다. 대천항에서 배를 타고 여러 섬을 거쳐 한 시간 반 정도 소요되는 거리에 있다. 낚시꾼들, 조류 사진작가들이 많이 찾는 섬으로도 유명하다. 육지에서 멀리 떨어져 안개에 쌓여 까마득하게 보인다고 해서 외연도라는 이름을 붙였다고 한다.

그렇다 보니 날씨가 좋지 않으면 섬을 오가는 배가 결

항되는 일도 잦다. 외연도에는 차량을 가지고 들어갈 수 없어서 백패킹에 안성맞춤이다. 배에서 내려 20분 정도 걷다보면 멀지 않은 곳에 하루 묵을 수 있는 숙박시설도 갖추고 있어서 초보자들도 한 번쯤 가볼 만한 섬이다.

나는 보령의 70개 섬 중에서 육지와 가장 동떨어진 외연도에서 하루를 보내기로 헀다. 섬에서 하는 백패킹은 처음이라 설렘이 몽글몽글 피어올랐다. 배가 항구에 도착하니 기다리고 있던 어업인 분들이 육지에서 온 짐들을 내리기 시작했다. 정감이 가는 사람들의 목소리와 표정 때문에 따스한 곳이라는 느낌이 들었다.

배에서 내리면 바로 마을이 보이는데, 생각보다 아기자기한 섬마을이었다. 마을 벽에는 알록달록한 벽화가 가득 채워져 있었다. 동네 어르신은 백패킹을 하러 온 사람들을 많이 보신 모양인지 큰 배낭을 멘 나를 보고 비박하러 왔냐고 물으셨다. 그러고는 마을 초등학교 뒤편에 잠잘 만한 곳이 있다고 친절하게 알려주셨다. 섬에 사는 초등학생들이 서울에서 온 작가들과 함께 벽화를 꾸몄다는 이야기도 함께.

오전 8시 30분, 이르게 배를 타는 바람에 외연도까지 오는 동안 베이글 하나만 겨우 먹은 터라 식당부터 찾았다. 항구 주변에는 식당이 즐비했지만 내가 간 날에는 문을 연 곳이 많이 없었다. 보통 외연도 식당은 갓 잡아 올린 생선을 바로 가져와 판다고 해서 회를 꼭 먹고 싶었는데 너무나 아쉬웠다. 내 얘기를 들은 슈퍼 사장님은 마침 회를 파는 곳이 딱 한 군데 열었다며 소개해주셨다. 곧장 그 식당으로 가보니 동네 주민 몇 명과 관광객 몇몇이 있었고, 나도 그 사이에 자리를 잡았다.

　식당에는 같이 배를 타고 온 백패커들은 보이지 않았다. 백패커들은 비박할 장소를 먼저 찾아간 듯했다. 나는 허기질 대로 허기져서 이대로 배낭을 메고 걷다가는 쓰러질 것 같았다. 일단 배라도 채우자는 심정으로 음식을 기다렸다. 곧 내가 시킨 회 한 접시와 매운탕이 나왔다. 딱 섬마을 할머니가 차려준 밥상 같았다. 달그락거리는 소리와 사람들의 말소리가 어딘가 여유로운 분위기를 풍겼다. 그 여유로움에 취해 한 시간 정도 호사를 누렸다. 그러다 문득 오늘 머물 장소를 찾아야 한다는 생각에 몸을 일으

켰다.

마을 아이들의 웃음소리를 따라 백패커들이 주로 머무는 초등학교에 찾아갔다. 건물부터 알록달록한 초등학교에는 학년이 달라 보이는 아이들이 운동장에 나와 놀고 있었다. 아이들은 외부인인 나에게 반갑게 인사를 건넸다. 배낭을 메고 오는 사람을 한두 번 본 게 아닌 것처럼 자연스러웠다. 나보러 텐트를 치고 잘 거냐고 물었으니 말 다했다.

초등학교를 지나쳐 푸른 바다가 펼쳐지는 곳으로 향했다. 물속이 다 보일 정도로 맑은 에메랄드빛의 바다였다. 그 앞에 백패커들을 위한 데크가 조성되어 있었는데, 웬일인지 아무도 없었다. 일단 주변을 둘러볼 생각으로 배낭만 내려놓고 움직였다. 조금 내려가 보니 바다에서 고기잡이를 하는 사람들이 보였다.

한참을 바위 위에 앉아 바다를 바라보다 얼른 제대로 자리를 잡고 여유를 즐기려고 복적지로 발길을 서둘렀다. 그곳은 바로 외연도에서 가장 바깥쪽에 위치해 탁 트인 풍경이 장관인 '고래조지'라는 곳이었다.

외연도는 발걸음을 옮길 때마다 트레킹 데크가 잘 조성
돼 있어 편하게 걷기에도 딱이었다. 나처럼 이곳으로 캠
핑을 온 캠핑러들과 마주칠 때마다 안전한 캠핑을 하라는
인사를 나누며 힘을 얻었다. 한참을 그렇게 걸었을까. 지
도를 보며 걸었는데도 다시 처음 왔던 장소로 되돌아오고
있었다. 처음부터 길치는 끝까지 길치다. 여행을 그렇게
많이 다녀도 지도를 보는 건 여간 익숙해지지 않는다. 분
명 아침 8시 반에 배를 탔는데 오후 4시가 될 때까지 텐
트도 못 치고 길을 헤맸다.

그러다가 짭짤한 냄새가 나는 젓갈공장 앞에서(외연도는
젓갈공장으로 유명하다고 한다) 마을 주민과 마주쳤다.

"혹시 '고래조지'는 어떻게 가나요?"

주민분은 내 말을 듣자마자 고개를 절레절레, 손사래
치더니 "거기는 못가"라고 말했다. 이게 무슨 날벼락이람.
13kg이나 되는 가방을 메고 수많은 데크를 지나 이렇게
나 오래 헤맸는데 못 간다니?

"거기는 산을 한참 넘어야 돼! 그 가방을 메고 간다고?

안 돼, 안 돼."

이미 4시가 넘은 시간이라 해가 질 것도 생각해야 했다. 5시 반이 지나면 어두워지기 때문에 박지를 빨리 정하는 게 우선이었다. 머물 곳을 빨리 찾아야 한다는 생각에 마음이 급해져 그분의 조언을 따랐다. 바로 다시 초등학교로 돌아가는 것. 처음 배낭을 내려놓았던 곳에서 하루를 보내기로 했다.

결국 여기에 올 운명이었나. 허탈한 웃음이 나왔다. 그래도 오며가며 멋진 풍경을 눈에 담아서 만족스러웠다. 네 시간 만에 돌고 돌아 다시 온 곳. 계획은 틀어졌어도 바다 위로 저무는 노을 풍경은 너무나도 아름다웠다. 텐트를 치고 비화식 보쌈과 막걸리 한잔으로 고된 하루를 녹였다.

섬캠핑은 여행의 기분을 한껏 돋운다. 자동차보다 비행기가 여행의 느낌을 한층 더 살려주듯, 평소 비행기를 타는 일을 하는 나에게 배나 기차를 타고 떠나는 여행은 설렘이 가득하다. 그래서 훌쩍 떠나고 싶은 날에는 섬으로 백패킹을 떠난다.

다음해 봄에 고래조지를 다시 찾았는데, 그때 마을 주민분의 이야기를 듣기 잘했다는 생각이 들었다. 입수한 정보로는 30분이면 수월하게 올라갈 거라고 나와 있던 거리가 막상 찾아가 보니 이야기와는 달랐다. 길을 잘못 들었는지 발길이 거의 닿지 않는 험한 산길인 데다 목적지까지 한 시간이나 걸려 도착했다. 만약 외연도를 처음 간 날 고래조지를 고집했더라면 아마 깜깜한 산길에서 길을 잃고 울다 지쳐 내려왔을 게 뻔했다.

백패킹을 처음 도전하는 사람들에게는 봄이나 가을에 시작해보길 추천한다. 여름과 겨울에도 물론 매력이 있지만, 봄가을 백패킹은 더없이 자연과 가까워질 수 있는 기회이다.

더운 여름에는
간단하게

　캠핑을 하기 가장 힘든 계절이 언제냐고 물으면, 두말 않고 무더운 여름이라고 답하겠다. 그래서 여름에는 시원한 밤공기를 찾아 바다나 강가 근처로 캠핑지를 정한다. 내가 그러했듯 초보 캠핑러들이 캠핑을 할 때 부담을 가지는 1순위는 바로 텐트가 아닐까? 호기심이 가득한 캠핑러에게 텐트는 선뜻 구매하기 어려운 물품이다. 부피도 크고 가격도 만만치 않기 때문이다. 게다가 박지에 직접 텐트를 설치해야 하는 수고로움은 분명 초보들에게 쉽지 않은 일이다.

그래서 차박이 눈길을 끈다. 차박에 맞춤화된 캠핑 시장도 급격하게 커지고 있는 중이다. 차박은 자동차로 많은 짐을 손쉽게 이동할 수 있으면서 텐트를 치는 수고로움을 덜어준다. 차박의 인기가 높아지면서 나도 시류에 올라타보았다. 캠핑에서 텐트는 기본 필수품이고, 간소하더라도 꼭 텐트를 동반하는 캠핑을 해왔기에 차박은 꽤나 생소했다. 무엇보다 여름에 땀 흘리며 텐트를 치는 번거로움을 덜어내고자 차박을 해보았는데, 결론부터 말하면 정말 매력적인 캠핑으로 손꼽는다.

특별한 장비 없이도 간단히 캠핑을 즐길 수 있어서 특히 좋았다. 비록 캠핑의 재미이기도 한 텐트를 꾸미는 일을 놓칠 순 있지만, 차 안에 예쁜 알전구를 달거나 페이즐리 담요 등 감성 소품으로 장식하는 재미가 쏠쏠하다.

처음 차박을 하러 가는 날, 예상대로 지금껏 해본 캠핑 중에서 짐이 훨씬 적었다. 그 8할은 텐트를 챙기지 않아도 되기 때문이었다. 짐이라고는 차 안에 깔 매트와 침낭의자, 테이블 그리고 벌레와의 전쟁에 맞설 매쉬망과 벌레뚜치제뿐이었다. 짐이 줄었다고 생각하니 출발 전부터 가뿐했다.

첫 차박캠핑의 목적지는 옥천에 있는 산 깊은 곳에 위치한 호숫가의 캠핑장이었다. 드문드문 전화가 안 터질 정도로 외진 곳이지만 워낙 인기 있는 캠핑장이라 사람들이 많았다. 오후 세 시쯤에 도착하니 자리 선택권도 거의 없었다. 그래도 운이 좋게 호숫가 끝자락에 넓지는 않지만 차박하기에 딱 좋은 공간에 자리를 잡았다.

뚝딱뚝딱 텐트를 치는 망치 소리를 배경음으로 트렁크를 열고 잠자리 공간을 준비했다. 운전석 뒤 2열의 좌석을 눕히고 그 위에 가져온 매트를 펴고 침낭을 놓으면 끝. 유난히 내가 간소하게 필요한 것들만 준비하는 편이어서 뚝딱 끝나는 것도 있다. 멋이 없으면 어때, 내가 편하고 좋으면 됐지 뭐.

그다음으로 매쉬망을 설치하기로 했다. 여름철 캠핑에서 가장 중요한 것은 텐트나 차의 크기에 꼭 맞는 매쉬망이다. 여름에는 벌레와 전쟁을 치른다고 해도 과언이 아니다. 몇 번의 여름캠핑에서 겪은 이 전쟁이 끔찍이도 싫

3장 캠핑으로 즐기는 사계절

다. 특히 모기는 야외에서 온갖 방법을 써도 한 방씩 물리기 일쑤다. 차에서 자더라도 창문이나 문을 열고 자는 경우가 많기 때문에, 차량에 맞는 창문 매쉬망과 트렁크 매쉬망은 필수다. 찾아보면 매쉬망 끝이 자석으로 돼 창문에 맞게 끼워 붙이는 방식으로 간편한 것들이 많다.

이것저것 준비를 마치고 보니 평소에 텐트를 치는 시간보다 훨씬 빠르게 오늘의 캠핑 준비가 끝났다. 차 트렁크에 누워 있으니 텐트보다 안정적인 기분이 드는 건 왜일까.

잠시 휴식을 취한 뒤 호숫가에서 낚시를 하는 분들을 보고 낚시에 도전해보기로 했다. 예전부터 낚시를 해보고 싶어 낚시대를 가지고 다닌 참이었다. 베테랑 낚시꾼들 틈에서 시늉을 해보았지만 물고기는 구경도 못했다. 내 옆에 분은 '이 호수에서 저런 물고기를 잡는다고?'라는 생각이 들 정도로 큰 몸집을 자랑하는 물고기부터 장어까지 족족 잡아들였다. 한 수 배우고 싶어 양해를 구했더니 지렁이 끼는 법부터 다시 알려주셨다. 난 벌써부터 죽어도 못할 것 같았다.

결국 구경만 하다가 다시 차로 돌아왔다. 화려한 텐트 사이에 내 차만 덩그러니 있으니 어쩐지 초라해보였다. 랜턴이라도 켜야겠다 싶어 트렁크 주변에 두어 개 걸어 놓았다. 그나마 빛이 있으니 내 차도 다른 텐트들 못지않게 아늑해보여서 위안이 되었다.

이제 밥을 먹을 시간. 차 안에서는 불을 피울 수 없으니 차 앞 공간에서 식사 준비를 했다. 의자와 테이블 주변에는 매쉬망을 치지 못해 모기와 벌레들의 공격이 엄청났다. 모기향을 곳곳에 피우고 퇴치제도 멀찌감치 피워놓고 나서야 마음 놓고 식사를 할 수 있었다. 차 매쉬망 외에도 밖에서 사용할 매쉬망 텐트를 같이 준비했다면 좋았을 거라는 아쉬움이 들었다.

여름밤에 즐기는 캠핑은 창문을 열어놓으면 추울 정도라 온 국토가 폭염으로 더위앓이를 할 때도 걱정하지 않아도 된다. 유독 사람들이 한여름에 산과 바다로 떠나는 이유는 자연이 선사하는 신비로움 때문이 아닐까?

캠핑을 시작하는 사람들이 가장 쉽게 접할 수 있는 차박! 특히 요즘 같은 코로나 시기에는 그 인기에 힘입어 SUV 차량 선호도가 높아졌다고 한다. 여름철 더위에 맨몸으로 가는 캠핑이 두렵다면 간단한 장비들만 가지고 차박을 떠나보면 어떨까.

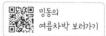

밍동의
여름차박 보러가기

캠핑하기
딱 좋은 계절

사계절 중 캠핑이 가장 아름답게 느껴지는 계절은 누가 뭐래도 역시 가을이다. 춥지도 덥지도 않은 날씨, 알록달록 두 눈을 가득 채우는 단풍들, 청명한 하늘이 캠핑의 흥을 한껏 돋운다. 캠핑이 아니더라도 가을은 누구나 선호하는 계절이 아닐까 싶다. 백패킹, 오토캠핑, 차박, 스텔스차박, 노지캠핑 등 그 어떤 캠핑을 해도 좋은 계절이다. 여름이 지나면 벌레와의 전쟁도 한풀 꺾이고, 겨울만큼 춥지도 않아서 더 부지런히 가을캠핑을 즐기러 다니는 캠핑러들을 볼 수 있다.

초가을에는 트레킹이 곁들여진 백패킹을, 단풍과 가을 억새가 물들 무렵에는 우두커니 앉아 계절을 즐길 수 있는 오토캠핑도 자주 한다. 더위, 눈, 비, 바람, 추위, 벌레에서 벗어나 이런저런 제약이 줄어드는 가을이 캠핑을 제대로 즐길 수 있는 계절이 아닐까. 캠핑에 도전해보고 싶다면 어떤 캠핑이라도 좋으니 무조건 가을캠핑은 꼭 경험해보길 추천한다.

가을의 주말은 캠핑장 예약에 불이 붙는다. 단풍을 감상하기에 탁월한 사이트를 갖춘 캠핑장은 한두 달 전부터 이미 풀예약이다. 그럴 땐 포기하지 말고 캠핑 커뮤니티에서 캠핑장 양도글을 찾아보자.

미리 예약을 못했던 초보 캠핑러 시절, 캠핑장 예약에 매번 실패하는 통에 오기가 생겨 인터넷에서 캠핑장 양도글을 샅샅이 뒤졌다. 내가 점 찍어둔 캠핑장 양도글이 올라오면 바로 연락을 하고 양도를 받았다. 하필 당일 양도여서 오후 늦게 캠핑장으로 갈 수밖에 없었지만, 꼭 가보고 싶었던 곳이라 포기할 수 없었다. 그렇게 도착한 캠핑

장은 사진에서 본 것처럼 낙엽이 사방에 수를 놓고 있었다. 이곳의 명소는 울긋불긋한 단풍나무가 감탄을 자아낼만큼 탁 트인 경관이었다.

그러기도 잠시, 오후 5시에 도착한 터라 부랴부랴 텐트를 쳤다. 기분 좋은 가을바람에 콧노래를 흥얼거리며 힘든지도 몰랐다. 땀을 뻘뻘 흘리거나 손발이 꽁꽁 얼어 텐트를 칠 일도 없으니 시간이 좀 늦어도 여유로웠다. 맥주도 한잔 마셨다가 의자에 앉아 사진도 찍었다가 천국이 따로 없었다. 배가 고프다는 생각도 들지 않을 정도로 그 시간을 그저 아무생각 없이 즐기고 있었다.

우두커니 앉아만 있어도 자연을 온전히 느낄 수 있는 기분이란. 따뜻한 햇살, 선선한 바람 그리고 유난히 파란 하늘과 단풍들. 바라만 보고 있어도 기분이 좋아지는 가을캠핑은 천천히 그리고 느리게 즐기게 된다.

다음 날 따뜻한 햇살에 눈을 뜨니 어제보다 더 푸른 하늘과 한층 붉게 물든 단풍들에 발걸음이 떨어지지 않았다. 느긋하게 아침을 먹고 캠핑장 근처의 트레킹 코스를 걷기로 마음먹었다. 짧지만 잘 정돈된 코스였다. 바스락

거리는 낙엽과 선선한 날씨를 맘껏 즐기며 기분 좋은 트레킹과 함께 그날의 캠핑도 마무리되었다.

단풍하면 설악산만 떠올랐었는데, 캠핑을 시작하니 가을을 즐길 수 있는 아름다운 곳들이 차고 넘친다. 가을하면 억새가 빠질 수 없지. 경남의 황매산과 울산 간월재는 매년 꼭 찾는 편이다. 그 어느 곳보다 가을캠핑을 물씬 느낄 수 있다.

단, 가을에는 건조한 날씨 탓에 11월에서 12월 사이 산불조심 기간이 있다. 이 기간에 산속 백패킹이나 노지캠핑을 한다면 불씨를 일으킬 만한 것들은 특별히 더 신경 써야 한다. 음식도 비화식이나 미리 조리하여 준비해 가는 것이 좋다. 이 기간에는 캠핑장에서도 캠프파이어를 자제하라는 방침도 있다. 아름다운 자연을 그 다음해에도 오롯이 즐기고 싶다면 우리 모두가 꼭 지켜야 할 약속이다.

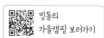

밍동의
가을캠핑 보러가기

동계에는
준비를 단단히

  겨울캠핑이 쉽지 않다는 건 모두 다 아는 사실이다. 추위를 감수하는 건 물론이고 장비도 더 많이 필요한 계절이 바로 겨울이니 말이다. 나 또한 추위를 많이 타는 편이어서 겨울캠핑은 선뜻 나서기 망설여진다. 그래서 겨울캠핑을 할 때는 방한 준비를 최우선으로 한다. 캠핑도 백패킹보다 자동차를 동반하는 오토캠핑을 추천한다. 따뜻하게 캠핑을 즐길 수 있을 뿐만 아니라, 난로와 히터 같은 장비를 손쉽게 챙길 수 있는 장점이 있다. 등유난로, 히터 그리고 전기장판 등 방한에 필요한 장비들은 생각보다 많고, 무게도 상당해서 차가 없으면 엄두가 나지 않기도 한다. 겨울캠핑에서 가장 주의할 점은 불이나 전기를 사용하는 제품들이 많기 때문에 안전에 각별히 신경 써야 한다는 점이다. 특히 등유난로로 인한 질식 사고는 빈번하게 일어나므로 반드시 환기구를 만들고, 이산화탄소 경보기를 구비해두어야 한다.

지난겨울에 신세계를 경험한 장비가 있는데, 바로 '무시동히터'이다. 히터용 배터리만 있다면 차량에 설치하여 밤새 따뜻하게 잘 수 있어 신경 쓸 일이 줄어든다. 만일 이런 장비들이 번거롭고 부담스럽다면 가장 기본적인 동계용 침낭만 들고 캠핑을 해보자. 백패킹을 할 때는 동계용 침낭과 핫팩만으로도 충분히 보온을 유지하며 잠을 잘 수 있을 정도다.

겨울캠핑 분위기는 다른 계절보다 본격적으로 캠핑을 즐기는 느낌이 들게 한다. 나 같은 경우는 눈 예보가 있으면 무조건 캠씽을 나가려고 한다. 몇 해 전 눈이 거의 오지 않던 겨울이 있었다. 모처럼 눈 예보가 있어서 잔뜩 기대에 차 며칠 전부터 짐을 챙겼다. 안 그래도 겨울철에는 챙겨야 할 장비들이 많으니까 미리 서둘렀다. 목적지는 강원도 평창의 한 목장. 원래는 흑염소 목장으로 쓰이던 곳이라 전용 캠핑장은 아니지만, 겨울에만 캠핑을 할 수 있게 자리를 만든 곳이다. 예약만 미리 하면 자리는 선착순 시스템이라 일찍 집을 나섰다.

평창은 다른 지역에 비해 기온이 낮은 곳이라 방한 준비를 단단히 했다. 등유난로, 동계용 침낭, 전기장판과 대용량 배터리까지 톡톡히 챙겼다. 평창으로 향하는 길에 주유소에 들러 가지고 온 기름통에 10리터 등유를 든든히 채워 넣고 만반의 준비를 마쳤다. 역시나 평창에 들어서자마자 한기가 느껴졌다. 목장에 있는 캠핑장으로 올라가는 걸음을 뗄 때마다 기온이 뚝뚝 떨어지는 게 몸소 느껴졌다.

산 중턱에 위치한 목장은 사진보다 훨씬 더 아름다웠다. 드넓게 펼쳐진 목장 옆으로 캠핑장이 마련되어 있었다. 이곳은 이미 한차례 눈이 왔는지 멀리 있는 산나무에 하얀 눈꽃이 피어 있는 게 보였다. 내가 도착하니 3대째

운영하고 있는 목장 주인분께서 친절히 맞이해주셨다. 전용 캠핑장이 아니라 시설이 다소 불편하더라도 이해해달라고 하셨지만, 화장실이 있는 것만으로도 땡큐였다. 예상 밖으로 샤워실까지 갖춰진 걸 보니 퍽 놀라웠다. 원하는 자리에 자리를 잡으면 된다는 안내를 받고, 화장실에서 조금 멀리 떨어진 외딴 곳에 자리를 잡았다. 일찍 왔음에도 이미 부지런한 사람들은 자리를 잡은 후였다.

이번에는 쉘터에 야전침대 모드로 캠핑을 즐길 생각이었다. 쉘터는 바닥은 없고 천막 느낌이 나는 둥근 모양의 텐트를 말한다. 겨울에는 땅바닥의 한기가 치명적이기 때문에 일부러 쉘터텐트를 선택했다. 야전침대라 불리는 간이침대에 매트와 전기장판까지 갖추었다면 겨울철 방한 대비는 얼추 완성된 셈이다. 야전침대에 다리를 끼우면 보통 의자 높이만큼 높아져서 바닥의 한기를 줄일 수 있다. 거기다 텐트 안에 등유난로를 켜두면 한층 더 포근함이 감돈다. 낭연히 안전을 위한 환기구를 활짝 열어두고 이산화탄소 경보기도 켜놓았다.

난로 덕에 추운지도 모르고 겉옷까지 벗어던진 채 텐트 안에서 밥을 차려 먹었다. 텐트 앞에 화로를 켜놓고 불멍을 하며 잠시 쉬다보니 어느새 밤이 깊었다. 겨울은 다른 계절보다 밤이 더 빨리 찾아오는 것처럼 별도 달도 유난히 선명하게 느껴지는 계절이다. 해가 일찍 떨어지는 만큼 깨끗한 하늘 아래 불멍을 하면서 밤하늘을 즐기는 시간이 긴 계절이기도 하다.

어느 날엔 겨울캠핑을 하다가 한없이 하늘만 바라보고 있었는데 유성이 떨어지기 시작했다. 난생 처음 보는 광경이었다. 함께 한 친오빠는 군대에서 보초를 설 때도 이런 장면은 본 적이 없다며 놀라워했다. 오빠와 함께 비 오듯 떨어지는 유성을 세 시간이 넘도록 그것도 누워서 바라봤다. 그날의 기억 때문인지 겨울 밤하늘을 바라보는 일을 참 좋아한다.

그날의 추억을 떠올리며 별을 바라보다 밤이 깊어 잠을 잘 준비를 하려고 텐트에 들어섰다. 난로 덕에 몸이 사르르 녹는 기분이었다. 자기 전에 난로에 등유를 더 채워 넣었다. 그리고 야전침대 위에 전기장판을 깔아놓은 뒤 대용량 배터리에 전기코드를 꽂았다.

그런데 어? 왜 배터리 충전이 다 안 되어 있지? 배터리를 확인해보니 절반 정도만 채워져 있었다. 그래도 오늘 밤은 견딜 수 있을 거라는 생각으로 야전침대 위에 동계 침낭을 덮고 누웠다. 잠이 들 때까지는 괜찮았는데 갑자기 몸서리치게 추위가 느껴져 잠에서 깼다. 시계를 보니 새벽 네시. 등유난로는 기름이 떨어져 이미 꺼져 있었고, 오늘 밤만은 충분하길 빌었던 전기난로 역시 배터리가 나갔다. 겉옷을 벗을 만큼 따뜻했던 텐트 안은 이제 입김이 푹푹 나오고 있었다. 뱃속까지 한기가 느껴졌다.

텐트 창문으로 바깥을 보니 눈이 소복이 내려앉아 있었다. 얼어 죽을지도 모른다는 생각이 드는 와중에 풍경은 왜 그리도 예쁜지. 그러나 감상도 잠시, 이 눈을 뚫고 주유소를 다녀올지 아니면 내일 아침 해가 뜰 때까지 버틸지 고민이 되었다. 눈까지 내린 깜깜한 산길을 내려가는 것보다 밝을 때 움직이는 게 나을 것 같아 몇 시간만 더 버텨보자고 마음먹었다. 침낭을 머리끝까지 올리고 아침

해가 밝을 때까지 기다렸다. 애써 잠들어 보려고 했지만 동계용 침낭으로 극한의 추위는 이길 수 없었다. 거의 뜬 눈으로 밤을 새우다시피 했다.

왜 이렇게 겨울밤은 긴 건지. 분명 몇 시간 전까지만 해도 별을 오래 볼 수 있다고 좋아했는데, 아침 7시가 넘어도 깜깜한 바깥을 보니 한숨만 나왔다. 동틀 무렵 더 이상은 못 참겠다 싶어 기름통을 들고 주유소로 출발했다. 바로 텐트를 접고 집으로 갈까 고민도 했지만 도저히 몸을 녹이지 않고서는 장비와 텐트 정리에 자신이 없었다.

꼭두새벽부터 주유소에 들러 등유통을 꽉 채우고 다시 캠핑장으로 돌아와 부랴부랴 난로를 켰다. 바깥 온도와 차이가 나서 텐트 안은 이미 살얼음이 맺히고 물방울이 떨어지기 시작했다. 다행히 시간이 지날수록 등유난로의 온기가 차오르면서 얼얼했던 손과 얼굴이 녹았다. 그제야 라면과 빵으로 간단하게 끼니를 때우고 집으로 돌아갈 준비를 시작했다. 난로의 온기가 없었다면 손이 꽁꽁 얼어 무척이나 힘들었을 것이다.

겨울캠핑의 묘미인 눈 오는 날은 로망이기도 하지만 결코 만만히 봐서는 안 된다. 그럼에도 겨울에 특히 빛을 발하는 모닥불이나 소복이 쌓인 눈 위에서 즐기는 캠핑을 생각하면, 지난 추위는 다 잊고 겨울캠핑이 그리워진다. 이제 겨울캠핑을 할 때는 무조건 방한 준비를 1순위에 두고 철저하게 대비한다. 기름도 넉넉히 가져가고, 전기장판을 쓰는 날에는 배터리 용량도 한 번 더 확인한다. 그뿐인가. 겨울철 필수품 손난로도 한 박스씩 차에 놓고 다닌다.

어느 계절에 즐기는 캠핑이든 내가 그 계절과 자연을 즐길 수 있는 마음만 있다면, 그곳이 바로 안식처가 되어줄 것이다.

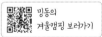
밍동의
겨울캠핑 보러가기

3장 캠핑으로 즐기는 사계절

4장

캠핑 가면 뭐해?

마음은 여유롭고
몸은 바쁘다

　캠핑은 여러 성격의 매력을 동시에 가지고 있다. 한편으로는 한량 같이 여유를 즐기는 듯 보이지만 그 여유를 즐기려면 부지런히 움직여야 한다. 데이트에 앞서 예쁜 옷을 고르듯, 캠핑을 가기 전날 장비들을 챙기면 벌써부터 신나고 설렘이 가득하다. 캠핑 콘셉트에 따라 장비들을 고르다 보면 캠핑이 지루할 틈 없이 매번 새로운 경험을 가져다주는 취미라는 걸 알 수 있다. 챙겨 온 장비로 하루 묵을 집을 짓고, 의자와 테이블을 펴고 나면 시간이 훌쩍 흘러 있다. 할 일을 마치고 나면 방금까지 바쁘던 모습은 온데간데없고 더 이상 할 일이 없는 사람처럼 멍하니 시간을 보낸다.

텐트와 의자, 테이블만 있어도 기본적인 캠핑의 구색은 갖춘 셈이다. 그 외 즐길 것들은 개인의 취향에 따라 준비하면 된다. 캠핑은 자연 속에서 계절이나 그날의 온도, 낮과 밤이 주는 색다름, 장소에 따라 즐길 수 있는 것들이 천차만별이다. 또한 캠핑 장비로 재미를 더할 수도 있다.

그중에 으뜸은 불멍이다. 고요한 자연 속에서 멍하게 불만 바라보며 아무 생각도 하지 않는 그 시간이야 말로 힐링 그 자체이다. 처음에는 불멍하는 것도 쉽지 않았다. 가져온 화롯대에 장작을 넣고 불만 붙이면 남들처럼 활활 잘 붙는 줄 알았다.

하지만 우습게 봤다가 큰 코 다쳤다. 보통 불멍에 쓰일 장작을 탑 모양으로 쌓아둔다. 나는 그저 캠핑 감성을 살리려고 그러는 줄 알았다. 알고 보니 장작이 잘 마르게 하기 위한 방법이었다. 종종 불을 지필 때 잘 타지 않는 장작들 때문에 애를 먹었다. 몇 번의 시행착오 끝에 이제는

4장 캠핑 가면 뭐해?

장작의 상태를 보고 불씨가 잘 붙지 않을 것 같으면 널어두거나 쌓아서 잘 말려둔다.

장작은 첫 불씨를 잘 붙여야 활활 잘 타는데, 나는 주로 착화제에 불을 붙여 장작에 옮겨 붙이는 방법을 쓴다. 착화제가 없을 때는 종이컵 안에 휴지를 말아 넣어 식용유를 부어주면 착화제 만큼 잘 옮겨 붙는다.

캠핑의 시작과 끝은 장비 정리를 비롯해 여러 일들로 몸이 바쁘다. 반면에 마음은 여유롭다보니 일상을 금세 잊게 만드는 홀가분함이 있다. 나를 괴롭혔던 걱정이나 사소한 일들은 저 멀리 생각할 틈도 없이 사라진다. 그래서 사람들은 조금 수고롭더라도 짐을 싸고 풀며 하루 묵을 자연 속의 집을 찾는지도 모른다.

일상을 잠시나마 잊고 싶어서 시작한 캠핑에 어느덧 중독되고 말았다. 반복되는 삶에서 잠시나마 탈피하고 싶다면 늘 익숙한 공간을 벗어나 온전한 쉼을 가져다주는 캠핑을 하루빨리 시작해보기를.

캠핑의 꽃, 음식!
그런데 불이 필요 없다고?

캠핑에서 빼놓을 수 없는 즐거움은 맛있는 음식을 해 먹는 일이 아닐까 싶다. 요즘은 여러 명이 캠핑을 함께 할 때 각자 음식을 가져와 역할분담을 확실하게 하는 분위기다. 한 명이 6인 코펠을 가져오고, 나머지 사람들은 식기구나 음식 재료를 가져오는 식이다. 환경보호를 위해 짐의 무게와 부피를 줄이고, 음식도 쓰레기가 적게 나오는 것으로 준비하는 캠핑 문화가 자리잡고 있다.

캠핑의 꽃이기도 한 캠핑 음식은 점점 진화하고 있다. 대다수 캠핑러들이 자연을 보호하는 마음으로 클린캠핑을 위해 비화식(불을 사용하지 않고 음식을 해먹는 것)을 추구하고 있다. 예전만 해도 대표적인 캠핑 음식은 라면 아니면 삼겹살이었는데, 음식 종류도 다양해졌다. 기름이 많이 나오는 삼겹살보다는 목살이나 소고기 등으로, 간편한 밀키트가 대세로 떠오르면서 캠핑을 하면서 쉽게 접하지 못한 음식도 테이블 위에 오른다.

비화식도 더 간편하게 그 종류도 다양하게 변하고 있다. 전투식량이라 불리는 동결건조 식품처럼 포장을 뜯어 뜨거운 물만 부으면 그럴싸한 한 끼가 만들어진다. 특히 백패킹에서 요긴하게 쓰인다. 일단 무게가 가벼워서 한몫한다. 이와 더불어 물 없이 조리할 수 있는 발열 도시락도 인기다. 포장을 뜯어 끈만 잡아당기면 발열팩이 열을 내서 음식을 데우는 원리이다. 가격은 꽤 나가지만 가볍고 간편해서 캠핑 음식에 제격이다.

보통 캠핑을 나서는 날은 아침 일찍 서둘러 점심 즈음 도착한다. 캠핑 장소 근저에 전통시장이나 맛집들을 꼭 들러보기 위해서다. 전날 손수 음식을 준비하기도 하지만, 지역 특산물이나 맛있다고 입소문이 자자한 것들을 먹어보는 것도 또 하나의 재미이다. 더구나 백패킹을 할 때는 짐을 줄이는 게 최우선이므로 맛집에 들러 포장하는 것도 합리적인 방법이다.

제천에 캠핑을 갔던 날, 평소에 밀키트로 자주 먹던 제천 빨강어묵이 생각났다. 직접 전통시장에 들러 그 어묵을 사먹었는데, 그 자리에서 바로 먹는 맛은 이전과 비교가 안 되었다. 그 후로 제천에 가는 날에는 시장에 들러 어묵을 꼭 하나씩 먹고 간다.

지난여름에는 강원도 평창의 '육백마지기'에 차박을 하러 갔다. 그곳은 텐트나 다른 장비를 이용한 야영은 불가하지만, 간단하게 차 안에서 지내다 올 수 있는 스텔스차박은 가능했다. 화기도 사용하지 못해서 어떤 음식을 준비할까 고민하던 차에 송어가 명물이라는 말이 기억났다. 당장 횟집에 들러 송어회와 막국수를 포장했다.

육백마지기의 뻥 뚫린 풍경을 바라보며 먹었던 그 맛을 지금까지도 잊지 못한다. 무더위가 극성인 한여름인데도 해발 1200m나 되는 육백마지기는 추위가 느껴질 정도였다. 밤바람, 여름 향기, 온도, 그날의 모든 느낌들이 여전히 생생하다.

　그래도 캠핑을 갔는데 포장 음식만 먹기 아쉽다면? 발열 도시락을 준비해보자. 발열가방과 발열팩만 있으면 갓 전자레인지에서 데운 듯 뜨거운 음식을 먹을 수 있다. 발열가방에 발열팩을 적실 정도의 물만 부어주면 발열팩의 산화칼슘과 물이 반응하면서 열을 발생시켜 음식을 데우는 원리다. 발열팩만 있으면 라면 조리도 거뜬하다.

　어디 그뿐일까. 수육, 국밥, 순대 등 데우기만 해도 맛있게 먹을 수 있는 간편식들이 다양하게 잘 나와있다. 쌈 채소만 준비하면 구워 먹는 고기 못지않게 맛있는 보쌈도 캠핑지에서 먹을 수 있다. 처음 발열팩을 접했을 때 신세계를 만난 기분이었다. 안 그래도 챙길 것들이 많은 캠핑인데 음식까지 차려 먹기 귀찮을 때 아주 유용했다. 만약 화기 사용이 불가한 장소로 캠핑을 간다면 하나쯤 꼭 챙기자.

　반대로 불을 자유롭게 쓸 수 있는 캠핑장으로 갈 때는

백패킹이나 노지캠핑 때보다 음식을 풍성하게 준비한다. 소화 시설이 잘 구비되어 화기를 안전하게 사용할 수 있기 때문이다. 바베큐 그릴로 고기를 훈연해 먹거나, 전날 12시간 정도 수비드로 익힌 고기를 겉에만 살짝 익혀 먹기도 한다. 수비드는 다른 방식보다 조금 더 손이 가긴 하지만 불에 구워 먹는 고기보다 다양한 재미가 있다. 요리에 별 취미가 없던 나도 캠핑을 가기 전이면 다양한 고기 조리법을 찾아본다. 캠핑을 하면서 또 다른 취미를 찾은 기분이다.

그럼에도 역시 캠핑의 별미는 라면 아닐까? 라면은 늘 빠지지 않고 챙긴다. 비오는 날에는 얼큰하게 김치를 넣어 끓여 먹기도 하고, 술을 마신 다음 날에는 콩나물을 넣어 숙취를 해소한다. 별거 아닌 레시피 같지만 집에서 먹는 것과는 차원이 다르다. 꼭 산 정상에서 먹는 라면이 맛있는 것처럼 말이다.

딩동이와 함께하는 첫 캠핑

작년 가을 새로운 가족이 생겼다. 이름은 딩동. 어렸을 적부터 강아지를 무척 좋아했지만, 부모님은 반려견이 무지개다리를 건널 때 내가 받을 상실감이 걱정되셨는지 절대적으로 키우는 걸 반대하셨다. 지금은 보기 어렵지만 초등학교 앞에서 팔던 병아리나 토끼를 데려와 지극정성으로 돌보기도 했다. 아무렴 마음을 다해도 늘 며칠 못가 차갑게 식은 모습에 일주일 동안 울고불며 식음을 전폐하고 슬퍼하기도 했었다. 그랬던 내가 성인이 되어 마음먹고 딩동이를 집으로 데려온 날 느꼈던 감동은 이루 말할 수 없다.

딩동이는 2kg이 채 안 되어 우리 집에 와서 9개월 만에 25kg의 어엿한 대형견이 되었다. 원래 서울 도심 오피스텔에서 살았는데 딩동이를 위해 조금 더 넓은 전원주택으로 이사도 했다. 활동량이 많은 딩동이에게 일주일에 한 번씩은 자연을 느끼게 해주고 싶어 함께 캠핑을 다닌 지도 꽤 됐다. 드디어 버킷리스트에서 하나를 이뤘다.

우리의 첫 캠핑은 쌀쌀함이 감도는 늦가을, 반려견과 함께 머물 수 있는 캠핑장에서 시작되었다. 매번 집 앞 자그마한 공원 아니면 오피스텔 복도에서만 뛰어다녔던 딩동이가 처음으로 드넓은 잔디밭을 만난 날이었다. 마음껏 뛰어다니는 딩동이가 더없이 행복해보였다.

반려견과 첫 캠핑은 조심스러운 것들 투성이었다. 혹여나 추울까 싶어서 평소에 딩동이가 덮고 잤던 담요를 텐트 안에 두툼히 깔아주고, 다칠까 봐 한시도 눈을 떼지 못했다. 딩동이를 키우기 전에는 반려견과 캠핑을 다니는 것에 이렇게나 제약이 많은지 미처 몰랐다. 특히나 대

형견은 더더욱 어려웠다. 일단 반려견 출입이 되는 캠핑장을 찾는 것부터 난관이었다. 국립공원이나 자연휴양림은 반려견 출입을 아예 금지했고, 그마저도 출입이 가능한 곳을 찾으면 10kg 이상은 받아주지 않는 곳이 대부분이었다. 딩동이와 나는 자연스레 노지캠핑으로 방향을 바꿨다.

반려견과 캠핑장에 갈 때는 캠핑을 즐기는 사람들에게 피해를 주지 않을까 신경이 곤두선다. 목줄 착용과 배변을 치우는 것은 기본이라 철저히 지킨다고 하더라도, 늦은 밤 딩동이가 짖을까 봐 노심초사했다. 그래서 더더욱 인적이 드문 노지캠핑이 마음이 편하다.

처음에는 딩동이 마음을 읽는 것도 어설펐다. 환경이 달라 편히 쉬지 못할까 봐 애착인형이나 집에서 사용하던 침대 매트와 이불을 챙겨 다녔다. 다행히 캠핑을 많이 다니면서 딩동이도 익숙해졌는지 이제는 텐트 안에서도 편히 쉰다. 오히려 즐기는 느낌이다.

반려견과 함께하는 캠핑은 장비에 신경 쓸 것도 한두 가지가 아니다. 같은 공간에서 잠을 자야하니 주로 쓰던 에어매트는 무용지물이다. 언젠가 딩동이와 차박하던 날, 분명 폭신한 에어매트에 몸을 뉘였는데 허리가 아파 일어나보니 에어매트에 바람이 다 빠져 있었다. 딩동이의 발톱 때문에 매트가 터져버린 것이다. 반려견과 캠핑을 갈 때는 에어매트 위에 꼭 두꺼운 담요를 깔거나 발포매트를 추가로 가져가야 한다. 또 한번은 텐트 안에 자꾸 오리털들이 날아다니길래 이상하다 싶어서 침낭을 살펴보니 침낭에 구멍이 뚫려 있었다. 딩동이가 언제 물어뜯었는지 그 구멍 사이로 오리털들이 빠져나왔던 거다. 축축함은 덤이었다.

그럼에도 반려견과 함께 하는 캠핑은 즐거움과 행복감이 두 배이다. 자꾸만 함께하고 싶어진다. 새로 접하는 모든 것들에 호기심이 넘쳐나 이리저리 들쑤시고 다니던 딩동이가 이제는 누워서 풍경을 즐길 정도로 여유를 보인다. 박지에 도착하여 야전침대만 펴줘도 그 위에 누워 한참 풍경을 바라보다가 내려와서 놀곤 한다. 집에서는 옆에서 잠을 안 자려고 하는 딩동이도 텐트나 차 안에 같이 누워있으면 가만히 등을 맞대어 누워 있는다. 그러다 바

람이 지나가면 코를 벌렁거리며 냄새도 맡고 새소리에 귀도 쫑긋하고 한숨도 푹 내쉬는데, 그 모습이 어찌나 귀엽던지. 딩동이 덕분에 추억도 하나둘 쌓이고 있다.

천방지축 딩동이는 박지에 자리를 잡으면 주변 탐색부터 한다. 그런 딩동이를 위해 먼저 주변 산책을 한다. 적응을 위해서이기도 하지만 에너지를 빼놓으면 내가 캠핑 준비로 바쁠 때 얌전하기 때문이다. 그런데 어느새 딩동이를 위한 산책에 내가 더 빠져들었다. 딩동이를 따라가다 보면 놀라울 정도로 아름다운 곳들이 튀어나온다. 혼자였으면 굳이 가보지 않을 곳들이라 놀라움의 연속이다.

한번은 익산 시내가 내려다보이는 미륵산 정상에 차박을 하러 갔었을 때다. 전망대 뒤쪽으로 험해 보이는 산길이 있었는데, 풀숲과 흙을 좋아하는 딩동이가 자꾸 그쪽으로 가려고 애를 썼다. 등산로이긴 했지만 길이 잘 나있지 않아 망설이는 틈을 타 딩동이는 이미 초입부에 들어섰다.

너무 깜깜해서 돌아가려고 하는데 어디서 반짝반짝하

는 것이 보였다. 산속에 별이 있을 리는 없고 들짐승 눈빛인가 싶어 겁이 나 어쩔 줄 몰랐다. 그 순간 반짝반짝 빛을 내며 날아다니는 반딧불이가 보였다. 여름방학에 시골 할머니 댁에 놀러가서 보던 그 반딧불이었다. 요즘엔 보기 힘든 건데 바로 눈앞에 보이다니 너무 신기했다. 깜깜한 산속에서 우두커니 바라보고 있으니 한두 마리가 아니었다. 딩동이가 아니었다면 쉽게 보지 못했을 광경이다.

또 어느 날은 딩동이가 새벽 5시부터 나를 깨워대는 통에 평소라면 늦잠을 자느라 뒷전이었던 산 정상에서의 일출도 보았다. 밤하늘의 별도 함께 보며 딩동이와 자연을 오롯이 느끼는 나날이다. 그 어느 때보다 딩동이와 교감한다는 느낌이 확실하게 드는 순간이다.

딩동이와 섬으로 백패킹을 떠났던 날, 우리 곁을 지나가시던 분이 "강아지 팔자 좋네"라고 했던 말이 기억난다. 물론 딩동이도 나 덕분에 행복하겠지만 딩동이가 내게 주는 행복은 평생 잊을 수 없을 것이다.

반려견과의 백패킹 괜찮나요?

딩동이가 성견에 접어들 무렵 처음으로 백패킹을 도전했다. 집과 그리 멀지 않은 곳에 있는 산은 정상까지 30분정도 걸리는 코스였다. 그런데 날씨예보와 달리 갑자기 발을 떼기도 어려울 정도로 폭설이 내렸다. 이미 초입부를 지난 시점이라 되돌아가기에도 애매해서 이도 저도 못하고 있었다. 한참을 고민한 끝에 하는 수없이 괜찮아 보이는 곳에 자리를 잡고 텐트를 쳤다. 기온도 생각보나 낮이 떨어져 손과 발도 꽁꽁 얼어붙었다. 혹여나 딩동이가 추위에 떨진 않을지 걱정이 이만저만 아니었다.

이런 내 마음을 알턱이 없는 딩동이는 눈밭을 혀가 빠지도록 뛰어다니고 있었다. 에라 모르겠다, 딩동이와 한참을 눈밭을 구르며 놀았다. 그러고 있으니 마냥 어린 시절로 돌아간 기분이었다. 그날 밤 눈밭에 벌러덩 누운 내 배 위로 딩동이가 올라타 밤하늘의 별도 같이 바라보았다. 딩동이는 뭘 알고 보는 걸까? 그저 모든 걸 나와 함께하고 싶은가보다. 하루 종일 눈밭을 뒹군 딩동이의 축축해진 털을 뽀송하게 말려주고 우리는 꿀잠을 잤다.

반려견과의 백패킹은 혼자 다니는 것보다 신경 써야 할 게 두 배이다. 두 어깨에는 짊어져야 할 배낭이 있고, 옆에는 책임져야 할 친구가 있으니 말이다. 한 손으로 리드줄을 잡고 걷는 일도 번거로워 허리에 묶거나 가방끈에 달 수 있는 백패킹용 리드줄도 구매해두었다. 두 손이 자유로우니 훨씬 편하다.

반려견과 백패킹을 한다고 하면 힘들지 않냐며 대단하다는 눈빛을 보내는 사람들도 많다. 물론 챙겨야 할 것도, 책임져야 할 것도 많지만 혼자 걷는 것보다 함께하면 기쁨도 두 배다. 똑같은 시간을 들여도 행복감이 훨씬 크기 때문에 힘듦을 금세 잊는 게 아닌가 싶다.

딩동이와 함께 어느 험한 섬으로 백패킹을 간 적이 있다. 길이 잘 나있지 않아 당황했지만, 주변에 아무도 없어 리드줄을 풀어주었다. 험한 길을 앞장선 딩동이는 내가 잘 따라오고 있는지 뒤돌아보며 나를 기다려주었다. 그러다가 내가 힘에 부쳐 느리게 걸으면 내 발걸음보다 한 발짝 늦게 따라오며 힘을 실어주었다. 어쩌면 딩동이도 내가 자기를 챙기는 만큼이나 나를 지켜주고 싶은지도 모른다.

딩동이와 여수 금오도로 백패킹을 떠났을 땐 여수까지 차량으로 이동해 배를 탈지, ktx로 이동해 배를 탈지 고민했다. 나의 선택은 후자였다. 다수가 이용하는 이동수단을 선뜻 선택하기 어려웠지만, 시간을 아낄 수 있는 방법에 도전해보기로 했다. 물론 처음부터 섬 백패킹에 쉽게 도전한 건 아니다. 반려견을 데리고 장거리를 다니는 일은 쉽사리 엄두가 나지 않았다. 평소 차만 타고 캠핑장

에 도착하면 되는 것과는 달리, 섬은 배를 타고 들어가야 하니 고생이 이만저만 아니다. 그래도 언제 또 섬 백패킹을 가보겠나 싶어 마음을 단단히 먹고 방법을 찾기 시작했다.

반려견과 함께 대중교통을 이용하려면 이동케이지가 필요하다. 하지만 딩동이는 대형견이어서 케이지를 들기가 쉽지 않았다. 대신 유모차 케이지를 중고로 구매해 며칠 적응 시킨 뒤 ktx에 올랐다. 요금은 좌석 하나를 더 끊었고, 혹여나 승객들에게 피해를 줄까 봐 맨 끝 복도에서 케이지를 붙잡고 서서 갔다. 그러자 승무원분이 여수까지 오랜 시간 가야하는데 무리이지 않겠냐며 사람이 없는 칸으로 안내해주었다. 마음 졸이며 여수로 향하는 길이 직원분 덕에 조금은 가뿐해졌다.

사실 처음 목적지는 여수 하화도였다. 막상 여수에 도착하니 매서운 바람이 불고 있어서 하화도로 가는 모든 배편이 끊어진 후였다. 딩동이와 어떻게 온 여수인데 그대로 돌아갈 수는 없었다. 그렇게 대안으로 찾은 곳이 금오도였다.

그다음 문제는 금오도로 들어가는 배에 반려견이 탑승할 수 있는지 여부였다. 인터넷을 찾아봐도 정보가 조금씩 달랐다. 이럴 땐 직접 전화하는 게 제일 빠르고 정확하다. 알아보니 선박 회사마다 기준이 조금씩 달랐다. 아예 반려견 탑승이 불가한 곳, 케이지 안에 있으면 가능한 곳, 선박 밖이라면 케이지 없이 함께 탑승할 수 있는 배편 등 다양했다.

우리가 금오도까지 타고 가는 배편은 차량을 실을 수 있을 만큼 컸다. 유모차 케이지에 딩동이를 태워 차량을 싣는 1층에 자리를 잡았다. 금오도까지 배로 20분 남짓 거리. 배를 처음 타는 딩동이는 큰 소음에 놀라 바짝 긴장했다가 어느새 바람을 즐기고 있었다. 다행히 멀미도 피해갔다.

드디어 도착한 금오도에 막상 덩그러니 놓이니 어디로 가야 할지 막막했다. 오후가 훌쩍 지난 시간이라 빨리 하루의 계획을 정해야 했다. 금오도 항구에 있는 정자에 앉아 딩동이와 나는 물을 한잔씩 들이켜고 비박지를 찾았다. 섬 백패킹을 노지로 갈 생각이어서 적잖이 당황할 수밖에 없었다. 금오도는 국립공원이어서 야영이 금지된 곳이 많았기 때문이다. 자세히 보니 항구에도 그렇게 안내가 되어 있었다. 정말이지 딩동이와 처음으로 떠난 섬 백배킹은 시작부터 순탄치 않았다.

천신만고 끝에 반려견이 가능한 캠핑장을 발견했다. 캠핑장 사장님께서 선뜻 항구로 데리러 와주셨고, 금오도는 차가 없으면 다니지 못한다며 자신의 차를 이용하게 해주셨다. 더구나 캠핑장은 금오도의 파란 바다가 한눈에 보이는 곳에 위치해 있어 너무 멋진 곳이었다. 평일이기도 했고, 날씨가 좋지 않아 놀러 온 사람을 잘 찾아볼 수 없었는데, 아니나 다를까 캠핑장엔 우리뿐이었다. 사장님께서 바람이 많이 부는 날이라 야영하기 힘들다고 걱정하며 운영하는 펜션에 묵으라고 제안했다.

"바람도 많이 부는데 오늘 여기서 자도 돼요!"

따뜻해 보이는 침대에 마음이 흔들렸다.

"오늘은 그럼 여기서 잘게요."

무겁게 가져온 배낭 속 짐들은 하나도 풀지 않았다.

우여곡절은 여기서 끝나지 않았다. 당장 굶주린 배를 채울 수 있는 방법이 없던 것이다. 금오도는 주말에만 음식점을 열어서 마땅히 식사할 곳도 없었고, 마트도 6시면 문을 닫았다. 장을 보려고 했던 나는 당황스러움을 감출 수 없었다. 오늘 저녁은 굶어야 하나 절박하던 참에 구세주 사장님께서 바베큐를 해줄 수 있다며 각종 반찬들과 저녁거리를 넉넉히 준비해주셨다.

딩동이와 처음하는 섬 백패킹은 처음부터 끝까지 계획과 완전히 달랐지만, 주변의 도움을 받아 참 따뜻한 기억만이 가득하다.

딩동이와 백패킹
보러가기

5장

캠핑은 처음이라

캠핑의 시작과 끝,
장비

　나는 캠핑 장비병이 있다. 유튜브 채널을 운영한다는 핑계로 이것저것 사고 싶었던 것들을 다 써봐야 직성이 풀린다. 캠핑 장비를 고를 때는 '합리적으로 필요한 장비만 구입해 취미생활을 영위할 것인가?', '여러 장비들을 써보면서 그 만족감을 취미생활로 정할 것인가'를 기준으로 세우고 구입하는 편이다. 표현을 이분법적으로 했지만 모두 캠핑에서 얻을 수 있는 즐거움이라면 즐거움이다.

　기본적으로 캠핑은 '평소에 느낄 수 없는 불편함을 감수하고 야외에서 새로운 경험'을 하는 데 있다. 하지만 어딘가 비슷비슷한 국내 캠핑장을 여러 차례 다니다보면 처음엔 좋았던 풍경도 조금은 지루해진다. 점차 새로운 장소를 찾고, 새로운 장비를 써보고 싶은 마음이 드는 이유가 아닐까. 그러면서 나와 맞는 캠핑 스타일을 알아가게 된다.

첫 캠핑은 대다수 피크닉으로 발을 들인다. 한강에 조그마한 그늘막을 설치하고, 그 앞에 작은 테이블을 펴놓고 음식을 먹으며 소소한 분위기를 즐기는 게 좋다면 캠퍼러가 될 가능성이 높다. 나 또한 이마트에서 구입한 2만 원짜리 그늘막과 1만 원짜리 콜맨 의자와 테이블을 가지고 피크닉부터 시작했다가 여기까지 왔다.

캠핑을 하다 보면 점점 고급스러운 장비로 업그레이드하고 싶은 욕심이 생기기 마련이다. 사실 국내 오토캠핑을 즐기는 정도면 캠핑 장비의 기능이 어떠하든 크게 좌우하지 않는다. 우리나라 캠핑 문화와 시스템 상 한정된 캠핑장에서 옹기종기 모여 캠핑을 하다 보니 '내수압(비가 왔을 때 버틸 수 있는 한계의 지표)'이라든가, 강풍에 버틸 수 있는 텐트의 강성 등은 큰 영향력이 없다.

　나에게 맞는 캠핑 장비를 잘 고르는 방법은 가장 먼저 어떤 것이 필요한지 잘 판단하는 일이다. 예를 들어 '난 텐트가 필요해'라고 막연하게 생각하기보다 5인 가족이고, 주로 오토캠핑을 즐기며, 봄가을에만 캠핑장을 선호하는 등 기준을 확립해야 현명하게 고를 수 있다. 아무런 기준 없이 사람들이 많이 쓰는 텐트, 캠핑페어에서 구경했던 장비들을 덜컥 구매한다면, 곧 중고나라에 글을 쓰고 있는 자신을 볼 수 있을 것이다.

　나도 장비를 잘못 사서 후회한 적이 무척 많다. 그중에 제일은 노을이 지는 드넓은 잔디밭에서 감성캠핑을 즐기던 어느 커플의 텐트를 보고 반해서 구입했던 '캠핑칸 블로우쉘터'이다. 처음 블로우쉘터를 보고 인터넷을 뒤적뒤적 검색해보니 국내 브랜드임에도 예약하지 않으면 구할 수 없을 뿐더러 160만 원을 호가했다. 수요가 많으니 미개봉 새상품은 280만 원이 훌쩍 넘어갈 정도로 프리미엄까지 붙었다. 예약일에는 청약 시스템이라도 되는 듯 우르르 몰리는 통에 대기 순번을 받을 정도로 인기가 치솟

았다.

많은 사람들이 찾고 있는 걸 보니 나도 사야겠다는 생각부터 들었다. 그래서 무려 '초캠장터'라는 곳에서 피를 100만 원이나 주고 260만 원에 샀다. 역시나 '내가 미쳤지. 이 돈주고 이걸 사나!'라고 금세 후회했다. 필요해서가 아니라 인기가 많으니 따라 사려는 모방소비였다. 노을 지는 캠핑장에서 감성적으로 세팅을 잘 해놓은 텐트를 보고 혹해서 구입한 대가는 컸다. 어마어마한 카드값으로 돌아와 소비생활을 뒤흔들었다.

더군다나 잘 사용했으면 억울하지도 않았을 거다. 캠핑칸 블로우쉘터는 면텐트라 무게가 30kg에 육박했다. 텐트를 치다 감성을 느낄 틈 없이 1시간 동안 사투를 벌여야 했다. 텐트를 다 치고나면 지쳐서 아무것도 하기 싫어졌다. 주로 반려견과 캠핑을 다니는 나에게 블로우쉘터는 혼자 감당하기에 부담스러운 장비였던 것이다. 결론적으로 블로우쉘터는 1회 사용 후 가차없이 중고행이었다. 30kg가 넘는 텐트는 중고 거래도 만만치 않다. 캠핑 장비를 구입할 때는 한 번 써보고 사든, 리뷰를 보고 사든,

천천히 구매하자.

캠핑의 가장 큰 재미는 나만의 텐트를 꾸미는 것일 테다. 이때 자칫하면 자제력을 잃고 장비를 마구 사들일 수 있으니 주의해야 한다. 특히 감성캠핑을 할 때는 그 가짓수가 셀 수 없어서 유혹에 빠지기 쉽다. 감성캠핑에서 꼭 추천하고 싶은 장비는 랜턴이다. 나 같은 경우도 손재주가 없는 편이라 감성캠핑 느낌은 잘 살리지 못하지만, 랜턴 하나만 텐트에 달아줘도 감성 한 스푼을 쉽게 더할 수 있다. 랜턴은 캠핑러들이 선호하는 소품 중에 하나일 것이다.

랜턴의 종류도 가스로 불을 켜는 방식, 충전식으로 스위치만 켜서 빛을 내거나, 기름을 넣어 불을 붙이는 등유 랜턴 등 다양하다. 디자인은 또 얼마나 예쁘고 다양한 게 많은지 캠핑 용품점에 가면 몇 시간씩 랜턴만 구경할 때도 있다.

여러 랜턴을 사용해 본 결과, 등유랜턴은 사용과 관리가 번거로워서 장식용으로만 두었다. 불을 켜는 것부터 쉽지 않았을 뿐더러 무슨 이유인지 얼마 있지 않아 꺼지기 일쑤였고, 랜턴 안이 그을려 기름물방울 자국이 그대로 있었다. 심지어 내 랜턴은 심지가 막혀 불이 잘 안 붙었다. 그만큼 등유랜턴은 부속품 관리도 잘 해야 하고, 심지도 잘 다뤄야 한다. 그럼에도 캠핑러들이 등유랜턴을 꾸준히 사용하는 이유는 아날로그 감성을 살릴 수 있기 때문이 아닐까?

그럼에도 가장 많이 사용하는 랜턴은 가스랜턴 아니면 충전 방식의 랜턴이다. 사실 랜턴을 고를 때는 무조건 예쁘고 느낌 있는 디자인을 추구한다. 하지만 막상 애용하게 되는 건 따로 있다. 초보 캠핑러에게는 가스랜턴으로 입문해보기를 추천한다.

빛을 밝혀주는 멋스러운 랜턴 하나만 있어도 그날의 캠핑을 낭만적으로 만들어준다. 조금 더 욕심을 내고 싶다면 아기자기한 알전구나 가랜드 같은 소품을 활용해보는 것도 또 하나의 재미이다.

캠핑 장비를 처음부터 너무 완벽하게 준비할 필요는 없다. 내가 가진 장비로 여러 번 써본다면 나에게 딱 맞는 장비를 선택하는 기준이 생길 것이다. 나처럼 혹해서 무심결에 구입하고 후회하는 것보다 부족하면 부족한 대로 지금 이 순간을 즐겨보는 것도 나쁘지 않다. 여행을 떠나는 것만으로도 캠핑이 될 수 있으니까.

 밍동이 소개하는
캠핑장비

숨겨진 캠핑 장소를 찾아서

　내가 캠핑 장소를 정하는 기준은 누가 뭐래도 풍경이
다. 물론 시설이 좋으면 좋겠지만, 주변 풍경만 좋아도 그
날의 캠핑은 성공적이다. 캠핑장 물색은 초록창이나 SNS
에서 한다. 다만 내가 즐기는 노지캠핑의 정보는 정확하
게 나와 있지 않은 편이다.

　앞서 말했듯 우리나라 곳곳에는 미처 알려지지 않은 아
름다운 장소가 참 많다. 그런 곳을 발견할 때마다 '와 이
런 곳도 있구나' 하면서 깜짝 놀란다. 노지를 많이 다녀
보기 전에는 아는 범위가 넓지 않으니 좋은 곳을 찾기가

쉽지 않았다. 그때는 캠핑 고수의 블로그나 영상을 보고 대충 어디쯤인지 파악했다. 또는 직접 댓글이나 메시지를 남겨 정보를 얻었다. 그런데 요즘은 인기에 힘입어 무분별하게 캠핑을 즐기다가 자연이 훼손되는 일을 자주 본다. 그 결과는 우리에게 고스란히 돌아온다. 좋은 장소들이 하나둘씩 막히고, 예전만큼 캠핑러들끼리 장소를 공유하는 일이 줄어들었다. 이런 모습들을 보면 마음이 무겁다.

경상북도 봉화로 두 번째 노지캠핑을 떠난 날이었다. 색다른 곳으로 가고 싶어 한 블로그에서 사진과 댓글을 보고 대충 위치를 파악하고 출발했다. 트레킹 코스 중에 한 곳이었는데, 주차 공간과 텐트를 칠 만한 데크도 마련되어 있어 하루를 머물 생각이었다.

트레킹 코스 1구간 앞쪽에 도착해 차를 몰고 올라가기 시작했다. 분명 블로그에서는 충분히 차로 이동할 수 있는 길이라고 했는데, 웬걸 오지였다. 불안했지만 이 길이 맞을 거라는 생각으로 계속 차를 몰았다. 물웅덩이와 돌

길이 나오길래 곧 내가 찾는 장소가 나오겠거니 하고 천천히 엑셀을 밟았다. 그 순간 불현듯 지난번 충북 제천에서 차를 천천히 몰다가 웅덩이에 깊이 빠진 기억이 났다. 똑같은 실수는 두번 다시 하고 싶지 않았기에 한번에 지나가자는 생각으로 엑셀을 밟았다.

덜컹. 이게 뭐지? 느낌이 안 좋았지만 다행히 이 무런 일 없이 그 길을 지나쳤다. 계속 길을 따라 올라가다 보니 흑염소 떼와 더 이상 차가 올라갈 수 없는 논밭만 보였다. 길이 끊긴 것이다. 여기가 아니면 대체 어디로 가야하지? 하물며 아까 온 길을 다시 지나가야 하다니.

차에서 내려 주변을 둘러보니 정말 아무 것도 없는 산 속이었다. 더구나 차 밑을 보는 순간 악몽이 되풀이되는 것 같았다. 앞바퀴에 큰 바위가 꼈던 모양인지 발판이 바퀴 쪽으로 찌그러져 있었다. 슬퍼할 겨를 없이 일단 이곳부터 벗어나야겠다는 생각으로 서둘러 되돌아왔다.

시간은 벌써 저녁을 향하고 있었다. 어디든 가야 한다는 생각에 굽이굽이 마을길을 운전했다. 해가 어둑해질 무렵 마을 강가 근처에서 정자와 쉼터로 보이는 곳을 발견했다. 선택권이 없어서 머문 그곳이 오히려 내가 가고 싶던 곳보다 훨씬 훌륭했다. 비로소 하루 묵을 장소를 정하고 나니 역시나 배에서는 허기를 채우라고 난리다. 그대로 테이블과 의자만 편 채로 마라탕 밀키트를 끓여 먹었다. 오늘 하루 유난히 고생해서 그런지 꿀맛이었다.

어느덧 8시. 지금 텐트를 치기엔 소음도 소음이고, 그럴 만한 체력도 없었다. 상황이 여의치 않아 차박으로 방향을 바꿨다. 세팅을 마치고 침낭을 펴놓으니 딩동이도 고된 하루였는지 그 속에 파고들어 잠이 들었다. 그 모습을 보고 있자니 오늘 하루 긴장이 녹아내려 온몸이 뻐근해왔다.

사람들이 많이 찾는 장소를 좇아 캠핑을 가는 것도 좋다. 하지만 캠핑의 진짜 목적을 생각하면 그 의미를 잃는 게 아닌가 싶다. 나만의 시간을 갖기 위해 사람으로 북적이는 도심을 떠나 사람들이 많이 찾는 캠핑장으로 간다니? 좀 아이러니하지 않은가.

원하는 곳을 찾아가지 못했다고 실패한 캠핑이 아니다. 다른 좋은 장소에서도 얼마든지 즐길 수 있다. 내가 얼마나 잘 쉬고 왔느냐가 중요할 뿐 장소는 중요하지 않다. 오히려 목적지에 집착하면 즐기기도 전에 에너지가 소진돼 피로만 쌓인다. 남들이 좋다고 하는 곳이 아니라 내 마음에 드는 곳을 찾아 진짜 캠핑을 즐겨보자.

지속가능한 캠핑을 위해
지켜야 할 것들

캠핑 인기가 날로 높아지면서 내로라하는 주말 캠핑장을 예약하는 일은 하늘의 별따기다. 캠핑러들이 증가하면서 자연스레 환경 보호에 대한 인식도 지속적으로 변화하고 있다. 캠핑러들 사이에서는 암묵적인 룰이 몇 가지 있다. 대부분 기본적으로 지켜야 할 예의이긴 하지만, 캠핑을 하기 전에는 차마 몰랐던 것들이다.

먼저 밤 10시 이후부터 아침 8시 이전까지는 암묵적인 캠핑 매너타임이다. 강원도 영월에 있는 캠핑장을 갔을 때의 일이다. 아이들과 함께 온 가족 팀들이 많아서 내심 걱정을 했다. 그런데 저녁을 먹고 8시가 지나자 거짓말처럼 시끌벅적했던 아이들이 모두 조용해졌다. 풀벌레 소리와 장작이 타들어가는 소리만 고요하게 들려왔다. 그 캠핑장을 찾은 사람들은 유난히 매너타임에 신경을 쓰는 듯했다. 밤 10시가 지날 무렵에는 말소리조차 들리지 않을 정도로 정적이 감돌았다. 걱정과 달리 모두 매너타임을 잘 지켜 조용하게 나만의 시간을 가질 수 있었다.

한번은 바닷가 근처에 있는 캠핑장에서 주말을 보낼 요량으로 캠핑을 떠났다. 모든 자리가 꽉 차 있었지만 모두들 조용히 캠핑을 즐기는 분위기였다. 그렇게 밤 9시가 넘어 갈 무렵 어디선가 노래방 기계음이 울려 퍼지더니 술에 취한 목소리로 노래를 부르는 소음이 들려왔다. 밤 10시 전이니 곧 있으면 조용해질 거라는 예상과 달리 고성방가는 계속되었다. 하다못해 이제는 스피커를 켜고 쩌렁쩌렁 캠핑장이 떠나갈 듯 소리를 지르고 있었다. 그들은 새벽 1시가 넘어서야 겨우 조용해졌다. 웬만하면 머리만 대면 잠드는 나도 그날은 몹시 괴로웠던 기억이 난다.

예전에는 단체가 우르르 몰려와 먹고 마시고 떠드는 분위기였다면, 이제는 혼자 조용히 자연을 즐기러 오는 캠핑러들이 늘어나는 추세다. 그렇다면 그에 걸맞게 올바른 캠핑 문화가 정착돼야 하지 않을까? 예를 들어 사이트가 정해져 있지 않는 캠핑장에서는 다른 사람과 지나치게 가깝게 텐트를 설치하는 것은 피하는 게 좋다.

산에서의 캠핑도 마찬가지다. 등산객들에게 피해를 주지 않는 선에서 즐기는 것이 룰이다. 산이나 트레킹 장소로 캠핑을 갈 땐 점심시간 후에 출발하면 좋다. 특히 산으로 캠핑을 갈 때는 등산객들을 피하기 위함이다. 모두 하산할 즈음에 정상에 올라 하루를 머물 자리를 선정하자.

정상에 올랐다고 바로 텐트를 펴는 것이 아니라, 등산객들이 올라오지 않을 시간 즈음 텐트를 펴야 한다. 하산을 할 때에도 이른 아침 산을 찾는 등산객들을 위해 미리 자리를 정리해야 한다. 또한 모든 산에서 화기 사용은 금물이다. 작은 불씨 하나도 위험한 산에서는 불을 사용하지 않고도 간단하게 먹을 수 있는 비화식 위주로 준비하자.

클린캠핑을 위해 음식 가짓수를 줄이는 것도 방법이다. 국물 하나도 남기지 말자는 마음으로 최대한 간단히 음식을 챙기고, 쓰레기 배출도 최소화한다. 음식물이 남으면 미리 준비한 통에 담아가기도 한다. 당연한 얘기지만 모든 쓰레기는 가지고 내려와야 한다.

캠핑을 시작하면서 제일 안타까운 건 예전에 갔던 장소가 쓰레기들로 몸살을 앓다가 폐쇄되는 일이다. 또 쓰레기 더미에 쌓여 이전과 너무 다른 모습을 볼 때 가슴이 아프다. 기본을 지켜야 우리도 자연에게 선물을 받을 수 있을 텐데 말이다. 그래서 나는 발자국조차 남기지 않겠다는 마음으로 머문 자리에 각별히 주의를 기울인다.

언젠가 오후 늦게 산으로 백패킹을 가려고 김밥 두 줄과 간식거리를 챙겨 출발했던 날이다. 평일이라 아무도 없을 줄 알았는데 장소에 도착해보니 두 팀 정도가 이미 자리하고 있었다. 다음 날 새벽 다섯 시쯤 등산객들이 오기 전에 텐트를 정리하려고 눈도 제대로 못 뜬 채 부랴부랴 일어났다. 이미 다른 두 팀은 텐트를 정리하고 쓰레기

봉투를 들고 주변에 있는 쓰레기들까지 담고 있었다. 나도 서둘러 텐트를 정리하고 동참했다.

자연을 즐겼으니 자연 그대로 두고 가는 게 맞다. 흔적도 남기고 가지 말자는 의미를 가진 'L.N.T(leave no trace)'는 1991년 미국 산림청과 전국 아웃도어 리더십학교에서 시작한 운동이다. 우리나라에도 산에서 자주 볼 수 있는 표어인 '아니온 듯 다녀가소서'와 같은 맥락이 아닐까.

캠핑의 여유로움 속에는 책임이라는 도의가 깔려 있다. 누가 알아주지 않아도 자연을 보호하는 일은 우리가 지켜야 할 의무이다. 모두가 지켜야 함께 누릴 수 있기에.

나만의 추억 남기기,
사진과 영상 촬영 팁

캠핑을 하며 빼놓을 수 없는 일은 그 순간을 사진으로 간직하는 것일 테다. 오토캠핑, 백패킹, 노지캠핑, 차박 등에서 유용한 사진 및 영상 촬영 팁은 따로 있다. 먼저 어떤 목적을 가지고 있는지부터 따져봐야 한다. 촬영을 목적으로 캠핑을 하는 건지, 캠핑이 주이고 촬영인 부차적인 것인지부터 정하자. 나는 캠핑 콘텐츠로 유튜브를 운영하고 있어서 촬영에 공을 많이 들이는 편이다. 종종 촬영팀의 지원을 받아 촬영을 하기도 하고, 다양한 장비를 활용해 브이로그를 촬영한다.

캠핑에서 필요한 촬영 장비는 스마트폰이나 카메라 정도가 무난할 것이다. 나도 촬영을 하기 전까지는 막연하게 미러리스나 DSLR이 스마트폰보다 더 잘 나올 거라고 생각했다. 그런데 막상 캠핑을 다니면서 유용하게 쓰이는 건 스마트폰이다. 영상 편집이 주목적이 아니라면 스마트폰을 활용하는 것을 가장 추천한다. 인스타그램 릴스나 유튜브 숏 영상을 올리기에도 스마트폰이 최고다. 또한 다양한 어플을 활용해 그 자리에서 바로 보정된 이미지를 확인할 수 있어 간편하다. 특히 캠핑 사진 같이 야외에서 촬영하면 HDR보정(인물과 배경의 밝기 차이)이 중요한데, 스마트폰은 자동으로 적용해준다.

그에 비해 미러리스나 DSLR은 포토샵 같은 프로그램으로 후보정을 거쳐야 하고, 기본적인 작동법을 알고 있어야 해서 진입 장벽이 있다. 스마트폰으로 영상 및 사진을 촬영해보고, 부족한 점이 있으면 그때 카메라를 구입하는 것을 추천한다.

촬영을 많이 하다보면 다양한 구도로 멋진 영상을 담고 싶은 마음에 카메라에 욕심이 생긴다. 캠핑에서 여러 방면으로 촬영 활용도를 높이고 싶다면 두루두루 사용하기 좋은 미러리스나 DSLR을 추천한다. 야간 촬영을 할 때 훨씬 선명한 결과물을 볼 수 있기 때문이다. 스마트폰은 야간 촬영에 정말 취약이다. 노이즈(어두운 부분에 생기는 열화)가 많이 생겨 사진이 선명하지 않다. 캠핑은 낮에 촬영도 하지만, 밤의 분위기를 담는 것도 큰 부분을 차지한다. 랜턴과 화롯불이 빛을 밝히는 감성적인 밤 풍경을 담고 싶다면 카메라를 구입해 볼만하다.

또한 카메라는 드넓은 화각을 자랑한다. 물론 스마트폰도 광각, 일반, 망원, 접사 등의 기능을 사용할 수 있지만, 크게 만족스러운 결과물은 아니다. 화각을 다양하게 다루고 싶다면 렌즈를 여러 개 교체할 수 있는 카메라가 좋다.

나는 캠핑장에서 주로 '셀피캠'으로 촬영하는데, 이때 카메라가 톡톡히 역할을 한다. 소니 카메라에 광각렌즈를 달고 촬영하면 안정된 화각을 구현해주어 만족스러운 결과물을 얻을 수 있다. 또한 캠핑 음식을 사실적으로 표현하고 싶어서 접사렌즈도 자주 사용하는 편이다.

상황별로 사용하는 카메라도 다양하다. 백패킹을 갈 땐 카메라를 들고 등산하는 일이 많아서 '액션캠'을 많이 쓴다. 액션캠은 기본적으로 방수 또는 외부 충격에 강하고 스태빌라이저(흔들림 방지) 기능이 탁월하기 때문에 걸어다니면서 촬영하기 좋다. 생각보다 화질도 뛰어나다. 무게도 카메라마다 다르지만 보통 손바닥 1/4크기로 들고 다니기에 부담이 없다. 단, 빛이 줄어드는 저녁 무렵에는 화질이 많이 떨어진다.

더구나 녹음 품질을 높이려고 마이크를 추가로 달기라도 하면 액션캠 본연의 방수 기능이나 무게가 가벼운 장점을 잃는다. 트레킹을 할 때에는 액션캠을 사용하고, 움직임이 많지 않을 때는 카메라를 교체하여 사용하는 것을 추천한다.

촬영 장비가 마련되었다면 어떤 사진을 담을지도 중요하다. 캠핑이나 등산을 할 때 나만의 규칙을 정해보자. 예를들어 장소와 인물을 적절한 비율로 담아보는 것이다. 사진이나 영상을 봤을 때 그곳이 어딘지도 모르는 셀카는 캠핑 사진에서 그다지 의미가 없다. 나를 예쁘게 담는 것도 중요하지만, 캠핑 사진만큼은 자연과 함께 어우러지는 나의 모습을 담아보면 어떨까.

그렇다고 풍경이나 텐트, 장비만 촬영하는 것은 지양한다. 멋진 순간, 자연의 모습, 캠핑 장비들은 한두 컷으로 충분하다. 한쪽으로 치우쳐 인물 중심이거나 자연 위주이면 추억을 담은 사진이라고 할 수 없지 않을까?

자연과 나를 어우러지게 담기 위해선 삼각대가 필수이다. 때에 따라 색다른 사진을 위해 드론 촬영도 좋은 선택이다. 최근 드론 보급이 활성화되면서 40만 원대에 성능 좋은 드론을 구입할 수 있다. 다만 드론은 사용 가능한 위치가 제한적이고, 바람이나 지형 등 촬영에 제약이 되는 요소가 많다. 보통 캠핑장, 백패킹은 수도권을 벗어난 곳이 많고, 사람이 드문 외지로 갈 때가 많기 때문에 생각보다 유용하게 사용할 수도 있다(보통 서울 및 수도권은 드론 비행 금지구역이다).

사진과 영상을 활용하는 방법은 각도나 포즈, 색감, 장소 등 비슷한 콘셉트끼리 모아두는 것이다. 또 나만의 시그니처 포즈를 만들어 촬영하면 특별한 재미와 추억을 남길 수도 있다. 요즘은 다양한 영상 편집 프로그램이 많아서 여러 결과물을 합쳐 새로운 콘텐츠로 만들 수도 있다.

힘들더라도 추억을 남기는 일을 미루지 말자. 머릿속에 남아있는 기억만으로도 행복하지만, 직접 다시 보는 것과는 그 생생함을 비교할 수 없다.

캠핑, 같이 준비해요!

캠핑은 사람마다 즐기는 방식이 다양하기 때문에 필요한 장비들도 천차만별이다. 아무리 경력이 많은 캠핑러가 추천하고 캠핑 용품을 챙겨준다 하더라도 막상 본인에게 맞지 않을 수 있다.

처음부터 모든 것을 사지 말고 최소한의 용품들로 시작하자. 그런 다음 캠핑을 하면서 나에게 맞는 물품들을 추가로 구매하는 것이 좋다. 또한 '캠핑용'이란 단어에 현혹되어 식기나 이불을 추가로 구매하지 말고, 가지고 있는 것을 활용해보자.

첫 캠핑을 떠나는데 어디서부터 어떻게 준비할지 모르겠다면 여기를 주목하자. 캠핑 용품을 구매할 때 참고하면 좋을 만한 준비물 목록을 정리해보았다. 함께 살펴보자!

· **백패킹** 같이 준비해요 ·

텐트	백패킹 텐트는 가벼울수록 좋다. 동계용은 조금 무겁더라도 튼튼한 더블월 텐트를 추천!
매트	백패킹 매트는 크게 발포매트, 에어매트 두 가지다. (내한 온도<R밸류>를 꼭 확인 해야 한다.) 추워도 편한 게 좋다면 펼치고 접기 쉬운 발포매트를, 백패킹이라도 푹신하고 따뜻하면 좋다면 에어매트를 선택하자. 발포매트는 접었을 때 부피가 크고, 에어매트는 부피가 작지만 설치와 철수가 귀찮다.
침낭	침낭은 중요한 물품이다. 백패킹을 할 때엔 특히 무게와 온도가 중요하다. 기존엔 3계절+극동계용을 따로 사용했지만 부피가 크고 보관이 어려워서 현재는 가벼운 동계침낭으로 사용하고 있다. 가벼운 동계침낭과 침낭 라이너, 우모복의 조합으로 극동계까지 가능하다. 내한온도와 필파워(구스충전량)를 꼭 확인하고 방수 기능과 재질을 따져보자.
난방기구	핫팩과 뜨거운 물을 담을 수 있는 날진물통, 물주머니를 사용한다. 간혹 리액터로 조금씩 난방을 하기도 한다. 가볍고 여러 개를 한번에 사용 할 수 있는 핫팩을 가장 추천한다.
조리기구	백패킹에 조리기구는 사치나 다름없다. 무거운 스테인리스 제품은 피하고 기본적인 티타늄 숟가락과 젓가락만 챙겨도 충분하다.
스토브	가볍고 화력이 좋지만 바람의 영향을 덜 받는 제품으로 고르는 것이 좋다. 리액터가 화력이 좋고 바람의 영향을 덜 받는다. 화기사용이 금지된 산으로 백패킹을 간다면 비화식 발열체를 가져가자.

테이블, 의자	자신의 이동 거리와 스팟에 도착했을 때의 시간과 환경을 고려하여 챙기는 것이 좋다. 스팟까지 30분~1시간 이내라면 가벼운 테이블과 의자를 챙기는 것을 추천한다. 그 이상 장거리 트레일은 매트에 앉아 바닥에서 먹어도 충분하다. 꼭 의자가 있어야 한다면 에어매트를 의자처럼 사용할 수 있게 만들어주는 용품을 구매해 보자.
조명	헤드랜턴과 가벼운 텐트걸이용 랜턴을 주로 사용한다. 백패킹을 왔다면 감성 조명보다 자연조명을 더 느껴보자. 장거리 트레일엔 헤드랜턴에 디퓨저를 끼워 공용으로 사용하곤 한다.
화로	산이나 허가되지 않은 곳엔 화로를 사용할 수 없지만, 화기 사용이 가능한 곳이라면 티타늄으로 된 작은 화로를 챙겨가면 좋다. 장작 대신 솔방울이나, 잔가지들을 태워 감성을 느껴보자.
휴대용 배터리	가볍지만 용량이 넉넉한 배터리로 가져가는 것이 좋다. 10,000~20,000Mah면 하루를 보내기에 충분하다. 개인적으로 편의성 때문에 무선충전이 가능한 배터리를 사용하는 편이다.
배낭 및 수납	백패킹용 배낭은 자신의 몸에 딱 맞는 브랜드에서 구매하는 것이 좋다. 백패킹에서는 배낭이 가장 중요하므로 인터넷으로 구매하기보다 매장에서 피팅을 해보고 전문가의 조언을 받아 신중히 구매하는 것이 좋다. 자신의 체력과 백패킹 스타일에 따라 가방의 용량과 재질을 선택해야 한다.
기타	쓰레기 봉투, 세면도구(칫솔, 치약, 비누, 수건 등), 구급약(타이레놀, 밴드, 애드빌, 지사제), 여분 옷, 우비

· **오토캠핑** 같이 준비해요 ·

텐트	오토캠핑은 어떤 텐트라도 좋다. 설치가 쉬운 TP텐트나 터널텐트 류를 선호한다. 데크가 있는 곳이라면 데크의 크기를 확인하자. 텐트가 데크보다 크면 피칭하기가 어렵다. 그 외에는 마음껏 피칭하자!
매트	가족과 함께할 땐 두께가 15cm 이상 되는 두꺼운 에어매트가 좋다. 두꺼운 매트는 설치와 해체가 번거롭지만 마치 호텔같은 느낌을 받을 수 있다.
침낭	오토캠핑은 굳이 침낭이 아니더라도 집에서 사용하는 이불이나 두꺼운 담요도 활용이 가능하다. 요즘은 패턴이 들어간 이불이나 담요로 분위기를 내기도 한다.
난방기구	난로는 여름을 제외한 모든 계절에 필요하다. 산속이나 야외는 밤 온도가 많이 떨어지기 때문에 꼭 미리 준비하자. 텐트가 작다면 반사식 난로를 사용하고(한 방향으로만 난방이 되기 때문에 공간 활용에 좋다), 전실이 큰 텐트는 등유 난로 또는 팬히터를 사용하는 게 좋다. 최대 열량을 확인한 후 내가 생각하는 캠핑에 필요한 성능으로 구매하자. 화목난로는 감성적이라는 장점이 있다. 실내에서 불멍을 할 수도 있고, 난로 위에 바로 음식 조리도 가능하다. 전기장판을 사용할 때에는 캠핑장에서 허용하는 범위의 전력용량을 반드시 확인해야 한다.
조리기구	버너, 냄비, 코펠, 숟가락, 젓가락, 컵, 그릇 등. 오토캠핑을 할 땐 집에서 쓰는 50cm 이상의 큰 도마를 가져오기도 한다. 집에서 자주 사용하는 식기들을 캠핑용 커틀러리 보관함에 담아서 가면 편리하다. '캠핑용'이란 단어에 현혹되지 말자!
스토브	요새 인기있는 제품들은 화력이 좋은 강염버너다. 화구가 크고 넓어 그리들을 사용하기에 충분하고 높기도 하다.

테이블, 의자	오토캠핑 땐 릴렉스체어나 벤치 체어 등 다양하게 활용할 수 있는 편안한 체어를 선택하자. 나는 웬만하면 백패킹과 오토캠핑 체어를 나누지 않고 같이 사용하는 편이다.
조명	밤에 켜놓은 조명은 어떨 땐 별보다 예쁘다. 디자인이 다양하고 예쁜 LED랜턴부터, 가스랜턴, 등유랜턴 종류가 많다. 취향에 따라 선택해보자. 이소가스를 활용한 랜턴을 사용하면 쉽게 감성캠핑을 연출할 수 있다. 등유랜턴은 사용이 번거롭다. LED랜턴은 감성이 조금 부족하지만 텐트 백그라운드 장식용으로 많이 쓴다.
화로	캠핑의 또다른 재미인 불멍을 위한 준비물. 비싼 화로도 좋지만 어차피 장작에 그을려 금방 더러워진다. 처음엔 1만 원대의 매쉬 화로를 사용하여도 좋다. 타고 남은 장작에 조리를 할 건지 등 사용해보면서 나에게 꼭 맞는 화로를 골라보자.
휴대용 배터리	보통 캠핑장에 전기가 있긴 하지만 가벼운 충전을 위해 멀티탭을 사용하기엔 귀찮다. 그 때 용량이 넉넉한 배터리를 챙겨보자. 아니면 길이가 긴 멀티충전기 또는 캠핑용 릴선이 좋다.
배낭 및 수납	수납은 테트리스가 생명이다. 하지만 그걸로 부족하다면 루프박스, 트레일러 등 고려를 해봐도 좋다.
기타	쓰레기 봉투, 세면도구(칫솔, 치약, 비누, 수건 등), 구급약(타이레놀, 밴드, 애드빌, 지사제), 여분 옷, 간이 소화기

· **노지캠핑** 같이 준비해요 ·

노지캠핑은 특히 백패킹/차박에 따라 준비물이 달라질 수 있다. 앞의 준비물들을 참고하여 자신의 캠핑스타일에 맞는 것들을 준비하자.

텐트	팩다운이 많이 필요 없는 텐트나 루프탑 텐트.
매트	노지캠핑은 무엇이든 설치와 철수가 간편한 것이 좋다. 백패킹 매트를 그냥 사용거나 야전침대를 사용한다.
침낭	백패킹용 침낭을 간단하게 사용하는 편이다.
난방기구	등유 난로를 쓰기도 하지만 간편하게 차에 걸어 쓸 수 있는 무시동히터를 주로 쓰는 편이다.
조리기구	오토캠핑을 할 땐 집에서 쓰는 50cm 이상의 큰 도마를 가져오기도 한다. 집에서 자주 사용하는 식기들을 캠핑용 커틀러리 보관함에 담아서 가면 편리하다.
스토브	화기 사용이 애매한 노지에선 배터리와 함께 인덕션이나 멀티그릴을 사용해보자.

테이블, 의자	백패킹 스타일로 떠난다면 백패킹 준비물을, 차박으로 떠난다면 오토캠핑 준비물을 참고하자.
조명	백패킹 스타일로 떠난다면 백패킹 준비물을, 차박으로 떠난다면 오토캠핑 준비물을 참고하자.
화로	백패킹 스타일로 떠난다면 백패킹 준비물을, 차박으로 떠난다면 오토캠핑 준비물을 참고하자.
휴대용 배터리	대용량 배터리를 챙기는 편이다. 전기장판, 선풍기를 틀거나 요리도 해먹을 수 있는 제품을 구입했다. 단점은 가격이 비싸고 무겁다.
배낭 및 수납	백패킹 스타일로 떠난다면 백패킹 준비물을, 차박으로 떠난다면 오토캠핑 준비물을 참고하자.
기타	쓰레기 봉투, 세면도구(칫솔, 치약, 비누, 수건 등), 구급약(타이레놀, 밴드, 애드빌, 지사제), 여분 옷, 간이 소화기

· 반려견과 함께하는 캠핑 같이 준비해요 ·

텐트	반려견과 다닐 때에는 반려견의 휴식과 공간 활용을 위해 터널형 텐트를 추천한다.
매트	에어매트는 반려견의 이빨과 발톱에 터질 수 있기 때문에 추천하지 않는다.
수건 혹은 드라이기	전기를 사용하기 좋은 환경이라면 반려견의 축축한 털을 말릴 수 있는 드라이기가 큰 도움이 된다.
식기	반려견의 캠핑용 식기를 따로 구입하지 말고 집에서 쓰는 것을 가져가거나, 캠핑 용품 중 남는 것을 사용하자.
사료	캠핑갈 때에는 평상시보다 사료나 간식을 넉넉히 챙겨간다. 예상 밖의 일이 생겨서 일정이 길어질 수도 있기 때문이다.
진드기 기피제	야외활동을 많이 하기 때문에 평소에도 진드기 예방약을 꼬박꼬박 챙기지만, 캠핑하는 날에는 기피제도 뿌려준다.
리드줄과 클라이밍용 고리	가방이나 몸에 반려견의 리드줄을 연결하면 손이 자유롭기 때문에 조금 더 수월하다. 클라이밍용 고리를 하나쯤 리드줄에 걸어두면 가방이든 어느 곳이든 걸어 둘 수 있어 편리하다. 추가 리드줄이나 로프를 가져가서 두 개의 나무 사이에 연결한 뒤 반려견의 리드줄을 연결하면 캠프 사이트에서 조금이나마 자유로울 수 있다. 땅에 팩 다운을 해 고리로 리들줄을 연결해 놓는 것도 방법이 될 수 있다.
기타	배변봉투

오늘도, 캠핑

초판 1쇄 인쇄 2021년 10월 27일
초판 1쇄 발행 2021년 11월 8일

지은이 밍동
펴낸이 이범상
펴낸곳 (주)비전비엔피 · 애플북스

기획편집 이경원 차재호 김승희 김연희 고연경 박성아 최유진 황서연 김태은 박승연
디자인 최원영 이상재 한우리
마케팅 이성호 최은석 전상미 백지혜
전자책 김성화 김희정 이병준
관리 이다정

주소 우)04034 서울시 마포구 잔다리로7길 12 (서교동)
전화 02)338-2411 | **팩스** 02)338-2413
홈페이지 www.visionbp.co.kr
인스타그램 www.instagram.com/visioncorea
포스트 post.naver.com/visioncorea
이메일 visioncorea@naver.com
원고투고 editor@visionbp.co.kr

등록번호 제313-2007-000012호

ISBN 979-11-90147-74-3 03810

도서에 대한 소식과 콘텐츠를
받아보고 싶으신가요?